Paillet

Le Panthéon Dijonnais

5639

LE
PANTHÉON DIJONNAIS,

OU

HOMMAGE

AUX GRANDS HOMMES

DE LA CÔTE-D'OR,

ET DES DÉPARTEMENS

QUI FAISAIENT PARTIE

DE LA CI-DEVANT BOURGOGNE.

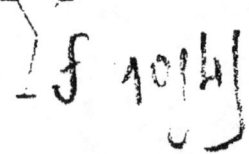

LE
PANTHÉON DIJONNAIS,

OU

HOMMAGE

AUX GRANDS HOMMES

DE LA COTE-D'OR,

ET DES DÉPARTEMENS

QUI FAISAIENT PARTIE DE LA CI-DEVANT BOURGOGNE,

FÊTE-APOTHÉOSE,

ORNÉE DE CHANTS, DE DANSES ET DE MARCHES
TRIOMPHALES,

AVEC DES NOTES HISTORIQUES,

Par JULIEN PAILLET, ex-Professeur aux
Écoles Centrales.

*Cette Pièce dont la musique est de la composition
de M. TRAVISINI, a été représentée sur le Théâtre
Dijon, le 1er. Ventôse an 13.*

Gran Dei, ribon ribéne, ai fau qu'anfin j'éclaite,
Deussei-je de l'éfor an chantan m'évaulai.
Moi don lai voi n'á faite
Que po le flaijôlai,
Je vai su lai trompaite
Ronflai.

LA MONNAIE. *Noei Borguignon.*

A DIJON,

DE L'IMPRIMERIE DE CARION, RUE DE LA LIBERTÉ.

An XIII. --- 1805.

LE PANTHÉON
DIJONNAIS.

SCÈNE PREMIÈRE.

Le Théâtre représente l'hémicycle de la place Im-
périale de Dijon. Dans le pourtour de cette place,
sont rangées de distance en distance, les nombreuses
statues (1) *érigées en l'honneur des Grands-Hommes*
du département de la Côte-d'Or. Au milieu de cette
enceinte s'élève un autel de forme antique, dédié à
l'Admiration et à la Reconnaissance, et destiné à
recevoir des guirlandes et des parfums.

La statue de JEANNIN est placée au fond du
Théâtre, en face du spectateur; celles de RAMEAU
et de CRÉBILLON sont sur les deux côtés opposés de
l'avant-scène; les autres suivent l'ordre indiqué par
la nature des talens de ceux qu'elles représentent.
On distingue particulièrement celle de Mme. DE
SÉVIGNÉ. Au pied des diverses statues sont aussi
placés des autels plus petits que celui qui se trouve
au milieu de l'enceinte, sur lesquels doit fumer l'en-
cens offert à chacun des personnages illustres dont
on fait l'apothéose.

On prélude à cette fête par une ouverture dans

---

(1) Au lieu de statues, l'on s'est servi de simples
bustes à la représentation, et dans le cours de cet écrit,
j'ai employé indifféremment ces deux expressions,
malgré que je ne les regarde pas comme synonimes.

laquelle l'*Artiste* a su faire entrer l'air chéri de LA
MONNOYE : Grand Dei ribon ribéne, etc., *et un
instant avant le lever du rideau*, on entend dans
l'éloignement le son de la trompette, du tambour et
du canon.

La toile se lève, et M. LONGEPIERRE, *orateur
de la fête*, précédé de deux enfans, qui d'une main
portent des fleurs, et de l'autre un flambeau, s'avance
à la tête d'un nombreux cortège composé de Juriscon-
sultes, de Guerriers, de Musiciens, de Poëtes, de
de Peintres, de Sculpteurs, et enfin d'Artistes de tous
les genres. Ils tiennent à la main les couronnes et
les guirlandes dont chacun doit bientôt faire hommage
au Grand-Homme dont il suit la carrière. On les
distingue par les divers attributs de leur science ou
de leur art. Chaque groupe est précédé d'un petit
étendard sur lequel sont inscrits les noms des personnages illustres qui l'intéressent plus particulièrement.

Aussi-tôt que le cortège entre en scène, l'orchestre
exécute l'air : Où peut-on être mieux qu'au sein de
sa famille? Cette marche terminée, le son des trom-
pettes se fait entendre, chacun prend en silence la
place qui lui est assignée, et l'orateur de la fête élève
la voix.

LONGEPIERRE.

IL est enfin venu ce moment de délice
Où, de notre lenteur réparant l'injustice,
A la Vertu sublime, au Génie immortel,
Nous rendons un hommage auguste et solennel!
De ces touchans honneurs, que mon ame est ravie!
Je mets ce jour au rang des beaux jours de ma vie.

D'un aïeul respecté je n'ai point le talent;
Mais son nom, sur le mien, jette un lustre assez grand:
Quand j'ai, de vous guider, la faveur singulière,
Vous honorez en moi le sang de *LONGEPIERRE* (1).
Que j'aime à contempler des citoyens nombreux
S'empressant sur mes pas, accourant dans ces lieux,
Nommant avec transport des Héros et des Sages,
Et, l'encens à la main, entourant leurs images!
Sensibles Dijonnais, mortels reconnaissans,
Ah! ne l'épargnez point ce légitime encens.
Combien ont illustré cette terre où nous sommes!
Et quel sol fut jamais plus fertile en Grands-Hommes!
Enfin, quelle Cité, dans ses murs orgueilleux,
A plus que toi, Dijon, compté de demi-Dieux!
Ouï, de quelque côté que se tourne ma vue,
Par-tout d'un immortel j'aperçois la statue:
Aussitôt, de mes yeux, avec émotion,
Coulent des pleurs d'amour et d'admiration,
Et de cette Cité bénissant le Génie,
Des vertus et des arts j'adore la Patrie.

CHANT.

DEUX VOIX.

Dijon! daigne en ce jour écouter nos accens,
Qu'une noble fierté dans ton cœur se réveille!

UNE VOIX.

Nous allons célébrer tes glorieux enfans,
Tendre mère prête l'oreille.

CHOEUR.

Dijon! daigne en ce jour, etc.

LONGEPIERRE.

Ceux que nous célébrons, étonnant l'univers,

Marchèrent à l'honneur par des chemins divers :
Prélats, Guerriers, Savans, tous, dignes de mémoire,
Ils laissent, après eux, des noms couverts de gloire,
Et la Postérité, pour prix de leurs travaux,
D'une palme éternelle ombrage leurs tombeaux.
Que ne puis-je citer tous les grands personnages
Dont l'heureux souvenir vivra d'âges en âges !
Secondez mon ardeur, vous qui les chérissez ;

(S'adressant à THÉOPHILE.)

Respectable vieillard, vous-même commencez.

(THÉOPHILE veut s'en excuser, LONGEPIERRE le presse et le décide. Au même instant l'orchestre fait entendre un air grave et religieux. THÉOPHILE s'avance au pied de la statue de SAINT-BERNARD.

THÉOPHILE.

BERNARD, sous le cilice, eut l'audace d'un homme (2),
Et du fond d'un désert régna jusque dans Rome.
Tour-à-tour souple et fier, mais toujours pénétrant,
Plus instruit que son siècle, il se montra plus grand.
Trop de zèle, sans doute, égara son génie,
Mais de sa renommée il a rempli l'Asie ;
A l'Europe crédule il imposa des lois :
D'un souffle il gouvernait les Peuples et les Rois.

(Théophile s'avance vers la statue de BOSSUET.)

Si le cloître, à Bernard, a dû son plus grand lustre,
BOSSUET a rendu l'Épiscopat illustre : (3)
Rivaux par les vertus, égaux par le talent,
Ils dûrent à leur siècle un éclat différent.
Bossuet, à la fois, et sensible et sévère,
Pleura sur les tombeaux et tonna dans la chaire :

Il dévoila les temps, et, la plume à la main,
Il peignit à grands traits le sort du genre humain.
Oublions qu'en des jours trop féconds en alarmes,
Des yeux de Fénélon il fit couler des larmes ;
Il faut, sur ces erreurs, jeter un voile épais :
Quel Grand-Homme, ici-bas, ne se trompa jamais !
Ah ! ne haïssons point le mortel qui s'égare ;
L'erreur par-tout l'assiège et du vrai le sépare.
L'intention est tout, l'apparence n'est rien :
Souvent on fit le mal, ayant voulu le bien.
Si, des illusions, la fatale magie
Trompa, de Bossuet, la brûlante énergie,
Son cœur n'eut point de part à cet égarement,
Et sa gloire effaça la faute d'un moment.

LONGEPIERRE.

Ouï, laissons le tribut, qu'au gré de son ivresse,
A payé ce grand homme à l'humaine faiblesse :
Bossuet dut sa faute aux erreurs de son temps ;
Mais à sa plume il doit des triomphes constans.

(*L'orchestre fait entendre une harmonie sentimen-*
tale et touchante, Théophile couronne les deux
hommes illustres dont il vient de faire l'éloge, et
Longepierre après avoir considéré tour-à-tour avec
vénération et attendrissement les bustes de Bossuet
et de Jeannin, reprend la parole comme il suit.)

(*Montrant à Théophile la statue de Jeannin.*)

Toutefois, avant lui, par sa noble droiture,
Jeannin sut mériter l'estime la plus pure (4).
Jeannin, de nos remparts, sortit avec éclat
Et tint, avec Sully, les rênes de l'état.

(*S'adressant à Jeannin.*)

Ce trait seul à ta gloire aurait suffi peut-être ;

Mais je veux, ô Jeannin ! te faire mieux connaître.

(S'adressant à l'assemblée entière.)

La *St.-Barthélemi*, jour d'opprobre et de deuil,
Faisait de notre France, un immense cercueil.
Dans nos murs un arrêt dicté par tous les crimes,
A réclamé le sang de nombreuses victimes :
La douleur et l'effroi règnent dans tous les cœurs ;
Déjà le glaive brille aux mains des oppresseurs....
Jeannin, seul courageux dans ces momens d'alarmes,
S'élance, le front pâle et l'œil mouillé de larmes,
Il court aux assassins, il tombe à leurs genoux;
Il s'écrie : « arrêtez ! cruels ! que faites-vous ?
» Faut-il sitôt servir un Prince qui s'égare ?
» Il vous demande un crime, et votre main barbare,
» Brûlant de se plonger dans des fleuves de sang,
» De vos concitoyens veut déchirer le flanc !
» Votre Roi, détrompé sur son ordre exécrable,
» Lui-même accuserait votre zèle coupable.
» Sachez, par dévoûment ne lui point obéir ;
» En servant sa fureur, ce serait le trahir.
» Qu'ont de commun le meurtre et la foi de nos pères ?
» Vous voulez égorger... Qui ? Des parens, des frères!
» Epoux, enfans, vieillards, tous nos concitoyens
» Ensemble sont unis par de sacrés liens ;
» Voulez-vous les briser dans votre aveugle rage?
» Non, je ne verrai point ce parricide outrage.
» Malheureux, si mes cris ne peuvent vous toucher,
» C'est sur mon corps sanglant qu'il vous faudra mar-
     » cher :
» Dussiez-vous par un crime, effroi de la nature,
» Vous faire de mon cœur une horrible pâture.....!
» Vous frémissez....... grand Dieu ! l'espoir rentre en
     » mon sein.

» Un peuple généreux deviendrait assassin !

» Non, non, l'humanité sur vous a trop d'empire.

» Jetez loin vos poignards, abjurez un délire

» Qui vous eût préparé d'amers et longs regrets !

» Portez aux citoyens des paroles de paix,

» Ayez, pour leurs erreurs, une tendre indulgence ;

» Du Dieu que vous servez imitez la clémence :

» Ce Dieu pardonne au faible, et s'il punit l'ingrat,

» Jamais il n'a prescrit l'affreux assassinat. »

Alors Jeannin triomphe, et la foule attendrie
Sent, à ces mots touchans, s'éteindre sa furie,
Et ceux dont elle avait conspiré le trépas,
Elle court en pleurant les serrer dans ses bras.

Bientôt Charle, effrayé des malheurs de la France,
Révoqua des décrets surpris par la vengeance.
Pâle encore du crime et de honte agité,
Il loua de Jeannin la noble fermeté.

Par un zèle aussi pur, par sa haute sagesse,
Il gagna, de Henri, l'estime et la tendresse.
Henri, de son amour, voulut payer sa foi :
Henri savait aimer ; Henri fut si bon Roi !

(*S'adressant à JEANNIN.*)

Ah ! reçois en ce jour, ombre chère, ombre auguste,
Le Tribut que Dijon gardait à l'homme juste !

(*A ces mots une musique triomphale se fait entendre.
LONGEPIERRE, tenant en main une inscription,
parcourt le théâtre en la déployant aux yeux de l'assemblée. Arrivé sur le devant de la scène, il fait
faire silence et donne lecture de l'inscription qui est
ainsi conçue :*)

AU VERTUEUX MAGISTRAT
QUI REFUSA D'EXÉCUTER
LES ORDRES SANGUINAIRES
DE CHARLES IX,
LA VILLE DE DIJON RECONNAISSANTE.

(La lecture de cette inscription terminée, LONGEPIERRE va l'attacher, au son des instrumens, au pied de la statue de JEANNIN.)

CHANT.

UNE VOIX.

Par sa noble intrépidité,
Par son éloquence sublime,
JEANNIN servit l'humanité :
Quels droits touchans à notre estime !

CHŒUR.

JEANNIN servit l'humanité,
Quels droits touchans à notre estime !

UNE VOIX.

O vous sensibles Dijonnais,
Chantez d'une voix attendrie :
Vive JEANNIN, vive à jamais
Le sauveur de notre patrie !

CHOEUR.

Chantons d'une voix attendrie :
Vive JEANNIN, vive à jamais
Le sauveur de notre patrie !

LONGEPIERRE.

(Montrant la statue du Président Bouhier, qui est placée près celle de JEANNIN.)

Émule de Jeannin, l'estimable Bouhier (5)

Aux palmes du barreau réunit le laurier,
Le laurier des neuf sœurs et non ceux de Bellone;
Bellone, à nos guerriers, les promet et les donne,
Et plusieurs en ont ceint leurs fronts audacieux.

(*Un Jurisconsulte et un Poëte s'avancent et déposent chacun une couronne sur le front de Bou-HIER.*)

LONGEPIERRE (*montrant la Statue de VAUBAN.*)

Le plus recommandable ici s'offre à mes yeux :

(*S'adressant à PHILIPPE.*)

Mais vous qui, vous couvrant d'une noble poussière ,
Marchez avec honneur dans la même carrière ,
C'est à vous qu'il convient de vanter ses exploits.

PHILIPPE.

Ouï, je cède à vos vœux et j'élève la voix.
Construisant avec art de savantes murailles ,
VAUBAN (6) semblait régler le destin des batailles ,
Les villes, dans Vauban, voyaient leur Dieu sauveur.
Sa présence aux guerriers inspirait la valeur :
Tout radieux d'exploits chers à la Renommée ,
Le nom seul de Vauban valait plus qu'une armée :
La victoire par-tout accourait sur ses pas.
Si, pour prendre la plume, il posait le compas ,
Ce sage , en des écrits dictés par la prudence ,
Même au sein de la paix combattait pour la France :
Son loisir enfanta de précieux travaux
Et sut lui mériter des triomphes nouveaux.
Ouï, la vérité seule avait pour lui des charmes
Sans relâche aux abus il opposa ses armes ;
Le vice, dans son cœur, ne trouva nul accès ,

C'était un vrai Romain sous les traits d'un Français !
Il aimait à la fois son prince et sa patrie ,
Jamais il ne connut la basse flatterie ;
La franchise eut pour lui des attraits plus puissans ,
Il fit aux pieds du trône entendre ses accens.
Incapable de feindre , il donnait tout au zèle ,
Mais , mauvais courtisan , il fut sujet fidèle.
Menaçait-on la France ? alors chef ou soldat ,
Tous les rangs lui plaisaient pour défendre l'État ,
Et , faisant de ses jours un entier sacrifice ,
Il bravait tout..... Voyez la noble cicatrice
Qui , de ce vrai héros atteste la valeur
Et semble de ses traits relever la grandeur !
Vous le savez , amis , une large blessure
Est du front d'un guerrier la plus digne parure :
Heureux qui de son zèle ainsi reçut le prix ,
Et plus heureux encor qui meurt pour son pays !

(S'adressant à VAUBAN.)

Idole du soldat et modèle du sage ,
Toi qui sus allier le savoir au courage ,
O Vauban ! à tes soins , dans son éclat guerrier ,
Ton superbe Monarque a dû plus d'un laurier :
Partage avec Louis son immortelle gloire ,
Recueille , au sein des temps , l'hommage de l'histoire ,
Et nous , avec orgueil , nous dirons aux Français :
Respectez nos Remparts , VAUBAN fut Dijonnais !

Un Compagnon d'armes de CAZOTTE.

(S'adressant à son parent.)

Comme vous je le crus : erreur douce et chérie !
Non , Vauban , dans ces lieux ne reçut point la vie ;
Mais voyant les vertus qu'il a fait éclater ,

Dijon parmi les siens se plut à le compter,
Et l'admirant toujours, pensa l'avoir vu naître;
Par sa gloire trompés, nous nous plaisions à l'être,
Accusant en secret la fatale lueur
Qui viendrait dissiper ce mensonge flatteur.
Son nom pare les murs de nos places publiques,
De nos palais son buste orne encor les portiques;

(S'adressant à VAUBAN.)

Ton buste nous est cher; et ton nom généreux,
VAUBAN! sera vanté par nos derniers neveux,
Et, si dans nos remparts, tu n'as point reçu l'être,
C'est le tort du destin..... tu méritas d'y naître.

Mais quoi! d'autres guerriers frappent notre regard,
C'est Cazotte (7) et Thurot (8) : l'un, rival de Jean-Bart,
A la fleur de ses ans mourut couvert d'estime :
L'autre, au soir de ses jours, par son trépas sublime,
Montra d'un Décius le noble dévoûment :

(Avec enthousiasme.)

Mais au cri de mon cœur, je cède en ce moment....
Son parent, vous craignez d'exalter sa mémoire,
Et de faire à nos yeux briller toute sa gloire :
Moi je fus son ami, je le vis expirer,
Témoin de ses vertus, je dois les célébrer.

ROMANCE.

CAZOTTE, courbé sous les ans,
Oubliait son ardeur guerrière;
Prêt à terminer sa carrière,
Il reposait ses cheveux blancs.
Tout-à-coup Bellonne en furie,
Rugit en nous offrant des fers....
Cet autre cri descend des airs :
Français, sauvez votre patrie!

Soudain ce vieillard transporté,
Saisit ses redoutables armes ;
Le péril a pour lui des charmes ;
Il adore la Liberté.
Je crois l'entendre qui s'écrie :
» Lève-toi, brave Côte-d'Or !
» Suis-moi, je me sens jeune encor,
» Puisqu'il faut sauver la patrie. »

Déjà plus d'un laurier flatteur
A couronné son front modeste :
Il combat..... Mais ô jour funeste !
Le destin trahit sa valeur.
Sur lui des tigres en furie
Fondent à pas précipités.....
Hélas ! Barbares, arrêtez !
Laissez CAZOTTE à la patrie !

Grand Dieu ! son sang coule à longs flots,
Tout son corps n'est qu'une blessure.
Il tombe..... et sa bouche murmure
Ces accens dignes d'un héros :
« Je ne regrette point la vie ;
» Content, je descends au tombeau.
» Ah ! mon triomphe est assez beau,
» Puisque je meurs pour ma patrie ! »

Ombre chère aux hommes de bien,
Reçois aujourd'hui nos hommages,
Recueille à jamais les suffrages
Du soldat et du citoyen.
Nos neveux, d'une ame attendrie,
Diront, en louant ta vertu :
CAZOTTE, ainsi qu'il a vécu,
CAZOTTE est mort pour la patrie !

LONGEPIERRE.

Ah! sans doute, il est beau, dans l'horreur d'un
    combat,
De prodiguer ses jours pour défendre l'Etat :
Ouï, louons le héros dont le front se couronne
Des pénibles lauriers dont se pare Bellonne :
Sa vie et son trépas, dignes de l'avenir,
Ont des droits éternels à notre souvenir.
Mais Dijon, parmi ceux qu'en ce jour elle honore,
De mortels non-moins grands s'enorgueillit encore.
Que dis-je ? plus sensible aux faveurs d'Apollon,
Elle vante ses murs rivaux de l'Hélicon.
Notre oreille se plaît au tumulte des armes ;
Mais les concerts du Pinde ont pour nous plus de
    charmes :
Nous aimons le génie, et nous citons souvent
L'Artiste, le Poëte et l'utile Savant.

SOPHIE (*s'avançant sur la scène.*)

La Côte-d'Or aussi peut compter quelques femmes
Dont le doux souvenir doit régner dans nos ames.
Au nom de tout mon sexe, ici ma foible voix
En ce jour solennel veut réclamer leurs droits ;
L'une d'elles, sur-tout.. m'enchante... et je la nomme.

(*Montrant en souriant le buste de Mme. DE SÉVIGNÉ.*)

L'aimable SÉVIGNÉ (9) valait bien un Grand-homme.
La nature pour elle épuisa ses faveurs :
Ame tendre, cœur bon, grâces, traits séducteurs,
Esprit, gaîté, vertus, elle eut tout en partage.
Son savoir n'avait rien de rude et de sauvage.
Des cercles érudits elle était l'ornement ;
Parlait-elle ? chacun suivait son sentiment.

Des doutes venaient-ils balancer sa victoire,
Un souris achevant son triomphe et sa gloire,
En subjuguant les cœurs lui gagnait les esprits.
Le même charme encor brille dans ses écrits,
Monumens précieux d'amour et de tendresse.
C'est là qu'elle séduit, c'est là qu'elle intéresse;
C'est là que, des vertus retraçant le pouvoir,
Elle se peint en mère, ivre de son devoir;
Et c'est là qu'elle honore un sexe que la terre
Semble vouloir réduire au seul talent de plaire,
Mais qui peut quelquefois réunir à son tour
Les palmes du Génie aux myrtes de l'Amour.

COUPLETS.

Heureuse la femme d'esprit!
L'esprit rend aimable et jolie;
En l'écoutant on s'attendrit,
Bientôt on l'aime à la folie.
Un accent doux et gracieux
Toujours sur ses lèvres repose :
C'est un parfum délicieux
S'exhalant du sein d'une rose.

Ecrivains profonds et savans,
L'on vous vante et l'on vous révère;
Mais avec des efforts moins grands
Une femme est sure de plaire.
Pour l'auteur on se sent épris,
Et bientôt on l'est pour sa cause;
On croit, en lisant ses écrits,
Respirer l'odeur d'une rose.

Que SÉVIGNÉ flatte nos yeux
Dans ce glorieux assemblage!

Mais quoi ! d'un jardin précieux
On croit ici trouver l'image.
L'œil, sur mille objets enchanteurs,
Avec délices se repose :
On admire toutes les fleurs,
On admire encor plus la rose.

Ici de lauriers toujours frais
Des Grands-Hommes parez la tête ;
Le myrte a de plus doux attraits,
Et pour Sévigné je l'apprête.
Femme aimable, avec volupté,
Ma main sur ton front le dépose ;
Je rends hommage à la Beauté,
Et j'unis le myrte à la rose.

(*Sophie place sa couronne sur le front de Mme. de*
Sévigné, puis s'adressant à l'orateur de la fête.)

Pardonnez si ma voix put ici vous troubler ;
Mais mon sexe m'est cher ; femme, j'ai dû parler.

LONGEPIERRE.

Parlez, parlez encor ! votre vive éloquence.......

SOPHIE (*l'interrompant*).

Non, je veux désormais écouter en silence ;
Je n'interromprai plus, reprenez vos discours.

LONGEPIERRE.

Vous le voulez, je vais en poursuivre le cours.

(*S'adressant à l'assemblée.*)

Amis, je le disais et le répète encore,

Les guerriers nous sont chers et Dijon les honore ;
Mais notre orgueil s'attache à citer plus souvent,
L'Artiste, le Poëte, et l'utile Savant.

Dans Piron (10) nous vantons avec la France entière
La verve de *Destouche* et l'esprit de *Molière*.
Qui de traits plus piquans sut armer la raison,
Et sous plus de gaîté cacher une leçon !
S'il se fit admirer sous le manteau tragique,
Nous l'aimons mieux chaussant le brodequin comique :
Pareils au doux nectar de nos riches côteaux,
Sous sa plume on voyait pétiller les bons mots.
Ces bons mots à jamais illustreront sa veine :
Ouï, la Métromanie est l'orgueil de la scène,
Et tant que les beaux vers auront quelque renom,
Au rang des immortels on placera *PIRON*.

(*A ces mots un poëte s'avance et dépose une couronne sur la tête de ce Poëte illustre. Au même
moment l'orchestre fait entendre des accens qui
respirent l'alégresse et l'enthousiasme, et bientôt
l'orateur de la fête reprend la suite de ses portraits
historiques.*)

LONGEPIERRE.

Si Piron, de la France obtient le doux hommage,
De l'Europe Buffon (11) recueille le suffrage,
Il mérite l'encens de l'univers entier,
Dans son art précieux n'est-il pas le premier ?
Comme il sut bien connaître et l'homme et la nature !
Qu'il en fait à nos yeux une docte peinture !
Quels traits nobles et vrais ! quel coloris flatteur !
Buffon charme à la fois et l'esprit et le cœur.
Veut-il d'un fier coursier nous retracer l'histoire ?

Il le montre bouillant, plein d'ardeur pour la gloire :
La crinière flottante, on croit le voir bondir ;
Beau d'orgueil et d'amour nous l'entendons hennir.

Redit-il des Castors les mœurs et les usages ?
On pense être au milieu des peuples les plus sages :
Une ville, séjour d'abondance et de paix,
Et s'élève et fleurit à l'ombre des forêts.

Si Buffon de nos bois célèbre la merveille,
Aux chants du Rossignol comme on prête l'oreille !
A ces accords unis au murmure des eaux,
L'on se croit transporté sur le bord des ruisseaux.

Peindre ainsi c'est créer : la douce poësie
Ne saurait de sa prose égaler la magie,
Et souvent il nous fit, par ses sons ravissans,
Des cygnes du Permesse oublier les accens.
Quels que soient les objets que Buffon nous retrace,
Il nous rend leur couleur, et leur forme et leur grâce,
Tout semble s'embellir, s'animer, se mouvoir ;
Présents à tout, l'on croit tout entendre et tout voir.

(*Se tournant vers la statue de* Buffon.)

Fils de Montbard, ô toi dont la plume divine
A conquis les lauriers d'Aristote et de Pline ;
Que le monde se crée ou s'orne sous ta main,
Grand Peintre ! n'es-tu pas l'honneur du genre humain !

(*Ici l'orchestre fait entendre un air grâve et imposant*
pendant lequel un Naturaliste place une couronne
sur la tête de Buffon. *L'orateur continue :*)

Mais quoi ! tu n'as point seul, dans tes sublimes veilles,
Admiré la nature et décrit ses merveilles ;
Durande (12) t'imita : ce pays fortuné
Comme il avait son Pline eut encor son Linné.
Un matin, sur nos monts, de la main de l'aurore,

Durande avait reçu la corbeille de Flore ;
Et de ces mêmes fleurs, ô source de regret !
Le soir il a paré la tombe de Maret (13).
Maret, laborieux, modeste, doux, tranquille,
N'avait d'ambition que celle d'être utile.
Il cultivait en paix cet art si précieux
Qui, conservant nos jours, calme nos maux affreux ;
Mais, lorsque d'Epidaure il sert le Dieu suprême,
Au pied de ses autels il est frappé lui-même :
La tombe s'ouvre, hélas ! pour celui dont les mains
Aimaient à la fermer sous les pas des humains.

(*Se tournant vers la statue de* MARET.)

Respectée à jamais, repose, ombre chérie !
Combien ton dévoûment honore ta patrie !
Ton nom triomphera de la nuit du cercueil....

(*Aussitôt l'orchestre fait entendre un air grave et sen-*
timental ; et en même temps un médecin s'avan-
çant respectueusement vers le buste de Maret, lui
met une couronne sur le front. Bientôt à cet air
tendre et touchant, succèdent des accens plus
vifs et plus animés, et l'orateur se tournant vers
d'autres statues, s'exprime comme il suit :)

LONGEPIERRE.

D'autres mortels encore excitent notre orgueil.
(*) Nous vantons Chasseneux et Taisand et Lesage,

(*) *Pour ne pas multiplier les chiffres de renvoi,*
j'ai placé sous le même numéro et à la suite les uns
des autres, les notes relatives aux personnages cités
dans ce vers et les sept vers suivans.

Le Roux qui d'Esculape eut l'adresse en partage,
Chamilly, Montbéliard, le savant Taboureau,
Le gracieux Dubois, le hardi Gagnereau;
Bret, Quentin, Lallemand, Le Muet, Mariotte,
Aubriot, Béguillet, et cet autre Cazotte,
Qui, sauvé par sa fille en des jours pleins d'horreur,
Ne put de ses destins éviter la rigueur.
Le cœur brûlant des feux de la reconnaissance
De Gerland (15) nous vantons la noble bienfaisance.
Nous vantons les travaux du profond Bannelier,
Le ciseau d'Attiret (16), le burin de Monnier (17),
Ce burin cher un jour à l'école française!
La plume de Debrosse (18) et celle de Saumaise (19),
Le pinceau vigoureux du modeste Lebeau (20),
Le crayon de Sambin (21), la lyre de Rameau (22),
De Rameau, ce rival du Dieu de l'Harmonie!
Je crois l'entendre encor cette lyre chérie,
Les transports les plus doux s'emparent de mes sens.....
Poursuis, nouvel Orphée, ah! poursuis tes accens;
Plus d'un élève ici t'écoute et te contemple.
Donne leur du vrai beau la leçon et l'exemple,
Embrâse leur génie, et dans leurs sons flatteurs,
Revis, savant Rameau, pour tes admirateurs !!!

CÉCILE (*l'interrompant avec émotion*).

Sans doute il revivra, si j'en crois mon délire,
Ouï, je sens que déjà sa présence m'inspire.....
Ah! souffrez qu'à mon tour, par de tendres accens,
J'exprime pour Rameau mes vœux reconnaissans !

LONGEPIERRE.

Ouï, Cécile, chantez : vous êtes son ouvrage;
Sur vos lèvres son nom doit plaire d'avantage.

CÉCILE.

ROMANCE.

O toi dont je chéris les lois,
De mon respect reçois le gage :
Je te consacre ici ma voix,
Ah ! daigne en accepter l'hommage !
Ton art divin, dès le berceau,
De fleurs a su semer ma vie ;
Mais, quand on aime l'harmonie
Comme on est l'ami de Rameau !

O Rameau ! quand tu préludais,
Le cœur s'ouvrait à l'alégresse,
Et bientôt lorsque tu chantais,
Tous les sens étaient dans l'ivresse.
Ah ! d'un plaisir toujours nouveau,
Sans cesse l'ame était remplie.....
Combien l'amant de l'harmonie
Dut être l'ami de Rameau !

Euterpe t'a dicté ses lois
Et tu les redis à la terre :
Nous prêtons l'oreille à ta voix ;
Ta voix nous charme et nous éclaire.
Oui, parmi nous, comme un flambeau,
Brillera toujours ton génie :
Qui chérit la belle harmonie
Doit être l'ami de Rameau.

En achevant ce couplet, Cécile pose une couronne
sur la tête du législateur des musiciens.

LONGEPIERRE (*s'adressant à Cécile*).

Vous triomphez, Cécile, et je vous rends les armes :

Dans ma bouche, ce nom n'eût pas eu tant de charmes;
Qu'il est doux d'obtenir l'encens de la beauté !
C'est être deux fois grand que d'en être chanté.

(Se tournant vers la statue de CRÉBILLON).

Mais, que vois-je ! un mortel par son rare génie
N'est pas moins que Rameau l'honneur de sa patrie.

(S'adressant à l'assemblée.)

Vous devancez ma voix , et votre émotion
Déjà nomme en secret l'étonnant Crébillon (23).

Dijon , ville des arts, lève une tête altière !
Dans ton sein ce grand homme a reçu la lumière.
Sa gloire est un flambeau dont l'éclat précieux
Te désigne aux respects de nos derniers neveux.
Que la Seine nous vante et Racine et Corneille ;
L'Ouche n'a point produit une moindre merveille ;
Crébillon suit de près ces rivaux fortunés :
Ses travaux l'apprendront aux siècles étonnés.
Il aima la vertu ; mais son génie austère
Du crime dévoila le sombre caractère ,
Et pour en tracer mieux le lugubre tableau ,
C'est dans l'onde du styx qu'il trempa son pinceau.
Le poignard échappait des mains de Melpomène :
Crébillon , transporté d'une ivresse soudaine ,
S'en empare..... et , les yeux fixés sur le cercueil ,
De Rhadamiste il peint la fureur et le deuil ;
Il fait , de Zénobie, en proie à mille alarmes ,
Admirer les vertus et partager les larmes :
On craint, on aime, on tremble, on frémit tour-à-tour
Ce torrent nous entraîne et nous charme toujour.

(S'adressant à CRÉBILLON.)

O Crébillon ! reçois le tribut de l'estime ,

Qu'a jamais nous vouons au poëte sublime
Qui, près du grand Corneille, assis sur l'Hélicon ;
Honore le théâtre et la France et Dijon.

(En achevant ces mots, LONGEPIERRE, aux accens d'une musique noble et touchante, s'avance et couronne l'immortel auteur d'Electre, d'Atrée et de Rhadamiste.

S C È N E   I I.

Les précédens ; CHANGENAI.

CHANGENAI (*s'agitant au milieu de la foule*).

Ce monsieu l'Orateu no baille dé cambôle : (*)
Ai vante sé hérô, et sé moître d'écôle ,
Ça for bé ; ma poquoi s'ôbli-t-i de jazai
Du Ceigne du Tillô, l'aimi dé Barôzai (24) ?
De tô lé tan ché no j'on vantai sai lôquance :
Aivô tan de tailan ai vo bé qu'on l'encense.
El émusi lai cor , lé gran et lé peti :
Tôt en les émusant, ce clar les instrusi.
An li doit ein élôge , et celai no regade.

(*) Nota. *Le patois bourguignon s'écrit comme il se prononce, et son orthographe ne distingue pas le singulier du pluriel. Cependant il est bon d'observer que ce qui s'écrit ô, avec un accent circonflexe, se prononce* eu : *ainsi cambôle se prononce cambeule.*

(A des militaires qui veulent le retenir.)

Laissé no don passai, vou je foçon lai gade.
En son honneur et gl oire i saivon dé côplai ;
I velon tô daibor iqui lé rébolai.

(Il s'avance vers l'orateur de la fête, et il chante les
couplets suivans sur un des airs chéris de l'illustre
auteur des Noëls Bourguignons. C'est celui qui
commence par ces mots : Gran Dei ribon ribéne,
ai fo qu'enfin j'éclaite.)

COUPLETS.

Monsieu not orateu, baillé no lai pairôle,
Padonné si j'ôson vo côpai le sullô ;
  Vote langue iqui vôle

(Il montre les Statues.)

  Po vantai cé monsieu ;
  Sans dire du pu drôle
   Ein mô.

J'aivon po Lai Monnoie eine estime prôfonde :
Le Tillô, lai Roulôte aime bé sé refrain ;
  An lé chante ai lai ronde
  Po banni le chaigrin,
  Et bôttre tô le monde
   En train.

Po lu, palai jantais n'éto pas chôse étrainge ;
Dé Saivan de Pairi l'on couronnai cinq foi ;
  Aujod'heu sai louainge
  Li vinré po mai voi,
  De palai come ein Ainge
   Patoi.

Quand l'hivar en sullan de no moison s'épruche,

Tô no bon Barôzai entore lo foyé ;
    Tretô come eine ruche,
    En se côsan lé pié,
    Bondonne vé lai suche :
        Noé.

Lai Monnaie, an ce jor, sero dans l'ôbliance !
Lu qu'a si bé cognu du peuple Borguignon !
    Tant que j'airon lai chance
    De chantai dans Dijon,
    J'airons en sôvenance
        Son nom.

*(En finissant ce couplet, il couronne le buste
de LA MONNAIE.)*

(LONGEPIERRE(*s'adressant à* CHANGENAI).

En écoutant ta voix, j'ai cru l'entendre encore,
Ce Poëte naïf dont le peuple s'honore :

(Montrant le buste de LA MONNAIE.*)*

Ici je vois ses traits ; mais, ô plus douce erreur !
Je crois, en t'embrassant, le presser sur mon cœur.

(S'adressant aux Grands-Hommes.)

Vous tous, manes sacrés, recevez notre hommage ;
Que vous nous êtes chers ! non, mon faible langage
N'a pas dit tous vos droits à l'immortalité ;
J'ai vu mon impuissance et ne l'ai pas tenté.
De FÉVRET (25), de CHABOT (26), qui peindrait le
    courage ?
Qui peut jusqu'à BUFFON élever son suffrage ?
Qui peut assez louer son modeste rival,
DAUBENTON (27) son ami, quelquefois son égal !
Avec quelles couleurs retracer le génie

De l'auteur immortel de la *Métromanie?*
Son ombre accuserait mes timides pinceaux.

O vous dont nos respects entourent les tombeaux,
Ah ! pour vous c'est trop peu d'une simple statue :
Des Dieux veulent un temple ; et là , d'une ame émue,
Cette Cité cédant aux transports les plus doux,
Vous réserve un encens digne d'elle et de vous.
Cependant agréez nos parfums , nos guirlandes ,
Et ne rejettez point nos modestes offrandes.
Puissent enfin nos voix, par de touchans accords,
Ranimer votre cendre au froid séjour des morts !

CHANT.

PLUSIEURS VOIX.

Que tout respire l'alégresse :
Pour nous quels momens enchanteurs !

UNE VOIX.

Chantez, amis de la sagesse,
Chantez le vrai Génie : il est cher à vos cœurs.

PLUSIEURS VOIX.

Chantons le vrai génie : il est cher à nos cœurs.

DEUX VOIX.

Allons, amis, que tout s'apprête,
Prodiguons l'encens et les fleurs.
De la reconnaissance aujourd'hui c'est la fête,
C'est celle de tous les bons cœurs.

CHOEUR GÉNÉRAL.

Que tout respire l'alégresse,
Pour nous quels momens enchanteurs !

Chantons, amis de la sagesse ,
Chantons le vrai Génie : il est cher à nos cœurs.

*(Pendant que l'on exécute ces chants , on pare de
guirlandes le piédestal des différens bustes , et on
couronne les Grands - Hommes qui ne l'ont pas
encore été dans le cours de la Fête. Les deux enfans qui représentent , l'un le Génie de l'admiration , et l'autre le Génie de la reconnaissance ,
décorent aussi de fleurs l'autel qui est placé au milieu
de l'enceinte , et à l'aide du flambeau qu'ils tiennent à la main , ils allument l'encens sur cet autel
et successivement sur chacun de ceux qui sont placés
devant chaque buste : en même temps ils exécutent
des danses analogues à l'objet de cette cérémonie
et règlent leurs pas sur la nature de l'hommage
qu'ils rendent aux divers personnages illustres dont
on fait l'apothéose. Bientôt des sons de harpe an-
noncent l'arrivée du* DIEU PROTECTEUR DE LA
CÔTE-D'OR. *Il paraît sur un nuage rayonnant de
gloire ; les acteurs et les actrices qui occupent la
scène , sont alors groupés de manière à indiquer
le caractère de leur rôle , et à jeter quelqu'intérêt
sur ce tableau.)*

S C È N E   I I I.

Les précédens ; le GÉNIE DE LA CÔTE-D'OR.

LE GÉNIE.

DIJONNAIS, vos transports et vos chants d'alégresse
Ont enfin retenti jusqu'aux bords du Permesse ;

Et je viens contempler vos élans généreux,
Respirer vos parfums et recueillir vos vœux.
Que sur ces monumens j'aime à porter ma vue !
Chaque Grand-homme ici revit dans sa statue :
Pour prix de mes faveurs, puisse la mienne aussi
S'élever au milieu de ce cercle chéri !
Pour mieux nous honorer, n'élevez point de temple,
Il suffit qu'en ces lieux, sans cesse on nous contemple.
L'étranger, en entrant au sein de vos remparts,
S'écrîra : *Je suis donc dans la Ville des Arts !*
Et vos fils, prosternés au pied de nos images,
Brûlant de recueillir de si nobles hommages,
Des pleurs du sentiment mouilleront nos autels,
Et voudront partager nos lauriers immortels.
Moi, je veux, secondant une ardeur aussi sainte,
Voir s'agrandir encor cette honorable enceinte :
Ouï, ma voix vous promet des destins glorieux ;
Préparez donc l'encens pour d'autres Demi-Dieux (28).

CHANT.

DEUX VOIX.

Ah ! nous en acceptons l'augure,
Un doux espoir nous est permis :
Une gloire nouvelle et pure
Est réservée à ce pays.

UNE VOIX.

C'est un Dieu qui nous l'a promis ;
Un Dieu peut-il être parjure ?
Ouï, tous ensemble, heureux amis,
Rendons hommage à la nature !

CHOEUR FINAL.

Ah ! nous en acceptons l'augure,

Un doux espoir nous est permis ;
Une gloire nouvelle et pure
Est réservée à ce pays.

Jour de gloire ! moment d'ivresse !
Ces lieux sont un autre Hélicon.
Vous échos, répétez sans cesse :
Vive a jamais, vive Dijon !

F I N.

NOTES.

(1) LONGEPIERRE (Hilaire-Bernard de Requeleyne, Seigneur de), né à Dijon en 1659, eut de la réputation comme poëte et comme traducteur. Il se fit un nom dans le genre dramatique par trois tragédies, *Médée*, *Electre* et *Sésostris*. Cette dernière n'a pas été imprimée : la première est fort supérieure à la Médée de Corneille et a été conservée au Théâtre. La scène des enfans, au quatrième acte, produit le plus grand effet. Ces trois pièces sont dans le goût de *Sophocle* et *Euripide*, et une élocution plus soignée les rapprocherait de celui de Racine, si toutefois il est permis de comparer au gracieux pinceau du tendre Racine, la touche fière mais un peu sèche de son successeur. Au reste, on doit savoir gré à Longepierre de n'avoir pas défiguré les sujets terribles qu'il a traités, par une de ces froides intrigues d'amour qui, sans ajouter à l'intérêt, embarrassent la marche de la plupart de nos tragédies; et d'avoir cherché à conserver dans les siennes quelque chose de cette noble simplicité antique qui peut bien ne pas plaire à la multitude, mais qui toujours obtiendra le suffrage de quiconque a du goût pour le vrai beau.

On a encore de Longepierre des traductions en vers français, d'*Anacréon*, de *Sapho*, de *Théocrite*, de *Moschus* et de *Bion*. L'auteur les a enrichies de notes qui prouvent une grande connaissance de l'antiquité.

On lui doit aussi un *recueil d'Ydilles*, où la nature est peinte de ses véritables couleurs. C'est déjà beaucoup, et en faveur d'un mérite aussi rare, on devrait presque pardonner à Longepierre les défauts de sa versification. Il mourut à Paris le 31 mars 1721, à 62 ans.

(2) SAINT-BERNARD est né à Fontaine-les-Dijon, en 1091. A 22 ans il persuada à trente jeunes-gens de renoncer au monde, et il se fit moine de Cîteaux. L'austérité fut bientôt empreinte sur ses traits où la nature avait répandu les grâces et la beauté. Deux ans après, Clairvaux fut fondé, et Bernard, à peine sorti du noviciat, en fut nommé le premier Abbé. Ennemi du faste et de l'ostentation, voici comme il parlait à des religieux qui ne pensaient pas comme lui : un poëte s'écriait : *Dis-moi Pontife, que fait l'or* » *dans les temples ?* et moi religieux, ne puis-je pas » dire à des religieux : *Dites-moi, pauvres, si toute-* » *fois vous l'êtes, que fait l'or dans les églises ?* » Quel fruit retirons-nous de la pompe et de la magni- » ficence de nos temples ? Que cherche-t-on en tout » cela ? Est-ce pour inspirer des sentimens de douleur « et de componction aux pénitens, ou du plaisir et de » la satisfaction aux spectateurs ? O vanité ! ô folie ! » l'église est brillante dans les édifices et désolée dans » les pauvres ! Elle couvre d'or les pierres du temple, » et laisse ses enfans nus ! Les curieux trouvent de » quoi repaître leurs yeux, et les misérables ne » trouvent pas de quoi rassasier leur faim ! »

Le nom de Bernard se répandit bientôt par-tout : le Pape Eugène III fut tiré de son monastère. On s'adressait à lui de toutes les parties de l'Europe. En 1128, on le chargea de dresser une règle pour les Templiers, comme le seul homme capable de la leur donner. En 1130, un comité fut nommé par Louis-le-Gros pour examiner lequel d'Innocent II ou d'A-naclet, élus tous les deux Papes, était le Pontife légitime. Bernard se declara pour Innocent, et toute l'assemblée y souscrivit. Envoyé à Milan par suite de cette décision, il fut accueilli avec tant d'enthousiasme, que, craignant d'être étouffé par la foule qui accourait sans cesse pour le voir, il fut obligé de ne se plus montrer qu'aux fenêtres et de donner de-là sa bénédiction aux Milanais. De retour en France, il fit condamner en 1140, au concile de Sens, quelques propositions de l'intéressant et malheureux Abeillard.

Bientôt, à la demande de son disciple Eugène III, St.-Bernard prêcha la Croisade. D'abord il persuada Louis-le-Jeune, et l'engagea à courir se battre en Asie pour expier les barbaries qu'il avait exercées en France. L'abbé Suger s'y opposa vainement : les avis de Bernard, quoique moins judicieux que ceux du Ministre, étaient des oracles pour les princes et pour le peuple. On dressa un échaffaud en pleine campagne, à Vézelai en Bourgogne, sur lequel le cénobite parut avec le Roi. Il prêcha, et tout le monde voulut être Croisé. Quoiqu'il eût fait une grande provision de croix, il fut obligé de mettre son habit en pièces, pour suppléer à l'étoffe qui manquait. L'enthousiasme que son éloquence inspira fut si véhément, que Bernard écrivit au Pape Eugène : » Vous » avez ordonné, j'ai obéi, et votre autorité à rendu » mon obéissance fructueuse. Les villes et les châteaux » dev ennent déserts, et l'on voit par-tout des veuves » dont les maris sont vivans. » Il prêcha la Croisade ; mais il ne voulut pas en être le chef : Pierre l'Hermite, fanatique moins humble ou moins prudent, n'avait pas craint de se charger de ce rôle difficile et hasardeux. De France il passa en Allemagne, détermina l'Empereur Conrad III à prendre la croix, et promit, de la part de Dieu, les plus grand succès.

On marche de tous les côtés de l'Europe vers l'Asie, et l'on envoie une quenouille et un fuseau à tous les princes qui aiment assez leurs sujets pour ne pas les abandonner. Tandis que tant de guerriers allaient chercher la mort en Orient, St.-Bernard, resté en Occident, s'occupait à réfuter des opinions théologiques.

Quelque temps avant sa mort, il publia son apologie pour la Croisade qu'il avait prêchée. Il en rejeta le mauvais succès sur les déréglemens des soldats et des généraux qui la composaient. Il parla ensuite avec beaucoup de modestie des miracles qui avaient autorisé ses prédications et ses promesses.

Les armées des Croisés étaient non-seulement comme les autres armées ; mais elles étaient encore pires. Tous les genres de vices y régnaient. Grand nombre d'Ecclésiastiques et de Moines se croisaient, quelques-uns poussés d'un véritable zèle, d'autres par l'amour de l'indépendance : tous se croyaient autorisés à porter les armes contre les infidèles. L'indulgence plénière et les grands privilèges que l'on accordait aux Croisés attiraient une infinité de personnes. Ils étaient sous la protection de l'Eglise, à couvert des poursuites de leurs créanciers qui ne pouvaient leur rien demander jusqu'à leur retour. Ils étaient déchargés des usures ou intérêts des sommes qu'ils devaient. Il y avait excommunication de plein droit contre quiconque les attaquait en leurs personnes et en leurs biens.

Saint-Bernard, au milieu des agitations que lui causèrent ses voyages, soupirait après sa chère solitude, d'autant plus qu'en la quittant pour prêcher des expéditions lointaines, il s'était exposé à avoir bien des regrets, et à essuyer beaucoup de reproches.

« Je ne suis plus , disait-il , que comme le prodige
» et le monstre de mon siècle. »

Enfin , l'orateur des Croisades s'étant retiré à Clairvaux , se livra aux exercices de la plus rigoureuse pé-
nitence. Son corps déjà affaibli y succomba , et il
mourut en 1153.

» Quel homme que ce St-Bernard , s'écrie J. Lava-
» lée , dans son *Voyage de la Côte-d'Or!* Qu'il était au-
» dessus de son siècle ! et quelle adresse il mit à tourner
» au profit de son ordre la démence des Peuples et des
» Rois ! Doué des charmes de la figure et des grâces de
» l'éloquence , tour-à-tour souple et opiniâtre , austère
» et courtisan , modeste et superbe , caressant et irras-
» cible , sensible et impétueux , magnanime et vin-
» dicatif , et toutefois vertueux ; il fut l'homme de tous
» les temps et le seul homme de son temps. Souverain
» dans le cloître , religieux parmi les Peuples , cour-
» tisan auprès des Rois , ministre auprès des Papes ,
» nul ne justifia mieux cette expression technique :
» *il se fit tout à tous.*

Raynal l'a traité plus défavorablement. Il lui a
prodigué les épithètes d'*homme bouillant , inquiet ,
opiniâtre , inflexible ,* qui se portait au grand et au
singulier , d'*enthousiaste ,* de *déclamateur ,* de *prétendu Prophéte ,* etc.

Ecoutons maintenant le président Hénault :
» Nul homme , dit-il , n'a exercé sur son siècle un
» empire aussi extraordinaire. Entraîné vers la vie
» solitaire et religieuse par un de ces sentimens impé-
» rieux qui n'en laissent pas d'autres dans l'ame , il
» alla prendre sur l'autel toute la puissance de la
» religion. Lorsque , sortant de son désert , il paraissait
» au milieu des Peuples et des Cours , les austérités

» de sa vie empreintes sur des traits où la nature
» avait répandu la grâce et la force, remplissaient
» toutes les ames d'amour et de respect. Eloquent
» dans un siècle où le pouvoir et les charmes de la
» parole étaient absolument inconnus, il triomphait
» de toutes les hérésies dans les conciles ; il faisait
» fondre en larmes les Peuples au milieu des places
» publiques : son éloquence paraissait un des miracles
» de la religion qu'il prêchait. Enfin, l'église dont
» il était la lumière, semblait recevoir les volontés
» divines par son entremise. Les Rois et les Ministres
» à qui il ne pardonna jamais ni un vice ni un mal-
» heur public, s'humiliaient sous ses réprimandes,
» comme sous la main de Dieu même; et les Peuples,
» dans leurs calamités, allaient se ranger autour de
» lui comme ils vont se jeter au pied des autels.
» Égaré par l'enthousiasme même de son zèle, il
» donna à ses erreurs l'autorité de ses vertus et de
» son caractère, il entraîna l'Europe dans de grands
» malheurs. Mais gardons-nous de croire qu'il ait
» jamais voulu tromper, ni qu'il ait eu d'autre
» ambition que celle d'agrandir l'empire de Dieu.
» C'est parce qu'*il était trompé lui-même* qu'il était
» toujours si puissant ; il aurait perdu son ascendant
» avec la bonne foi. L'église, malgré ses erreurs
» qu'elle a reconnues, l'a mis au rang des saints;
» le philosophe, malgré les reproches qu'il peut lui
» faire, doit l'élever au rang des Grands-Hommes.»
L'édition de ses œuvres la plus estimée est celle de
Dom Mabillon, en 2 vol. in-folio.

(3) Jacques-Benigne Bossuet, né à Dijon, le 27
septembre 1627, laissa voir dès son enfance tout ce
qui devait lui attirer dans la suite l'admiration pu-

blique. Le plaisir de s'instruire lui faisait oublier jusqu'aux amusemens de son âge. Ses jeunes camarades,
ne pouvant lui faire partager leurs jeux, s'en ven-
geaient par un mauvais quolibet, en l'appelant *Bos
suetus aratro ;* on en disait autant du Dominiquain.
Annoncé comme un prodige aux beaux esprits de
l'hôtel de Rambouillet, il y fit devant une assemblée
nombreuse et choisie, un sermon sur un sujet qu'on
lui donna. Le prédicateur n'avait que seize ans, et
il était onze heures du soir, ce qui fit dire à Voiture
si fécond en jeux de mots, *qu'il n'avait jamais en-
tendu prêcher ni sitôt ni si tard.* Il fut d'abord, dit-
on, destiné au barreau et au mariage ; on assure
même qu'il y eut un contrat entre lui et Mademoiselle
Desvieux, fille d'esprit et de mérite, et son amie
dans tous les temps. Ses succès dans la chaire lui
valurent les faveurs de la Cour, et bientôt le Roi lui
confia l'éducation du Dauphin. Environ un an après
il se démit de l'Évêché de Condom, *ne croyant point
pouvoir garder une épouse avec laquelle il ne vivait
pas.* Ce fut vers ce temps qu'il prononça l'oraison funèbre de *Madame,* morte si subitement au milieu
d'une cour brillante dont elle était la gloire et les
délices ; et ce fut par l'oraison funèbre du grand CONDÉ,
qu'il termina sa carrière oratoire. Personne ne pos-
séda mieux que lui l'art de faire passer avec rapidité
dans l'ame de ses auditeurs le sentiment dont il était
pénétré.

Ce Grand-Homme avait un talent supérieur pour
l'oraison funèbre, genre qui demande beaucoup d'élévation dans l'esprit et dans le style, une sensibilité
rare pour le grand, un génie qui saisisse le vrai,
de grandes idées, des traits vifs et rapides : c'est là
le caractère de l'éloquence de *Bossuet.* Cette mâle

vigueur de ses oraisons funèbres , il la transporta toute entière dans son *Discours sur l'Histoire Universelle.* » On a accusé *Bossuet* , dit d'Alembert, « d'avoir été, dans ce chef-d'œuvre , plus orateur » qu'historien , et plus théologien que philosophe ; » d'y avoir parlé trop des Juifs , trop peu des » peuples qui rendent si intéressante l'histoire an- » cienne , et d'avoir, en quelque sorte, sacrifié l'uni- » vers à une nation que toutes les autres affectent » de mépriser ». On sent qu'un homme tel que *Bossuet* ne devait point être embarrassé pour répondre à ces reproches. Passons à ses débats avec l'Archevêque de Cambrai.

Fénélon venait de publier son livre de l'*Explication des maximes des Saints.* Bossuet qui voyait dans cet ouvrage des restes de *Molinosisme* , s'éleva contre lui dans des écrits réitérés. Les uns attribuèrent ces productions à la jalousie que lui inspirait Fénélon, et les autres à son zèle contre les nouveautés. Quelques motifs qu'il eut, il fut vainqueur ; mais si sa victoire sur l'archevêque de Cambrai lui fut glorieuse, celle que Fénélon remporta sur lui-même le fut davantage. On peut juger de la vivacité avec laquelle il se montra dans cette querelle par ce trait : *Qu'auriez-vous fait, si j'avais protégé M. de Cambrai,* lui demanda un jour Louis XIV : *Sire* , répondit Bossuet, *j'aurais crié vingt fois plus haut : quand on défend la vérité, on est assuré de triompher tôt ou tard.* Ses mœurs étaient aussi sévères que sa morale : tout son temps était absorbé par l'étude ou par les travaux de son ministère. Il ne se permettait que des délassemens fort courts ; il ne se promenait que rarement , même dans son jardin. Son jardinier lui dit un jour : *Si je plantais des Saint-Au-gustin et des St.-Chrystôme , vous les viendriez voir; mais pour vos arbres , vous ne vous en souciez guères.*

On l'a accusé de n'avoir point eu assez d'art dans les controverses, pour cacher sa supériorité aux autres. Il était impétueux dans la dispute , mais il n'était point blessé qu'on y mît la même chaleur que lui. « Ses sermons , dit d'Alembert , sont plutôt les es-» quisses d'un grand maître que des tableaux termi-» nés. Ils n'en sont que plus précieux pour ceux qui » aiment à voir , dans ces dessins heurtés et ra-» pides , les traits hardis d'une touche libre et fière , » et la première sève de l'enthousiasme créateur ».

Ce Grand-Homme est mort le 12 avril 1704.

(4) Pierre JEANNIN, connu sous le nom du *Président Jeannin*, naquit à Autun en 1540. Il parvint par ses talens et sa probité aux premières charges de la robe. Reçu avocat au Parlement de Dijon, en 1559, il fut choisi, en 1571 , pour être le Conseil de la Province. Les Etats de Bourgogne le choisirent aussi pour assister aux Etats de Blois, de la part de la ville de Dijon ; et il fut un des orateurs qui portèrent la parole pour le Tiers-État du Royaume. Quand on reçut à Dijon les ordres du massacre de la Saint-Barthélemi, il se trouva au Conseil qui se tint chez le Comte de Charni, Lieutenant-Général de Bour-gogne, et il s'opposa de toutes ses forces à l'exécution des ordres barbares de Charles IX. Il cita la loi de Théodose qui, touché d'un juste repentir d'avoir or-donné le massacre de Thessalonique , défendit aux Gouverneurs d'exécuter de pareils ordres avant trente jours, pendant lesquels ils enverraient demander de nouveaux ordres à l'Empereur. Jeannin conclut à

envoyer demander au Roi des lettres-patentes : cet avis entraîna les suffrages et sauva la Bourgogne. Deux jours après un courrier arrive à Dijon, et apporte des ordres contraires aux premiers. Cependant, selon Courtépée, le Comte de Tavannes avait fait chasser les Huguenots, au nombre de plus de douze cents, et il avait fait emprisonner au château les principaux d'entre eux, parmi lesquels se trouvaient des personnes de distinction.

Les places de Conseiller, de Président, et enfin de premier Président au Parlement de Dijon, furent la récompense des vertus et des talens de Jeannin. Il avait été ligueur ; cependant, après le combat de Fontaine-Française, Henri IV ne craignit point de l'appeler auprès de lui et de l'admettre dans son Conseil. Comme Jeannin faisait quelques difficultés, ce bon Prince qui avait pour lui la plus haute estime, lui dit : *Je suis bien assuré que celui qui a été fidèle à un Duc, le sera à un Roi.* Dès ce moment Jeannin fut le conseil, et si on ose le dire, l'ami de Henri IV ; car ce grand Roi avait des amis. Ce Prince se plaignant un jour à ses Ministres que l'un d'eux avait révélé le secret de l'Etat, ajouta ces paroles en prenant le Président Jeannin par la main : *Je réponds pour le bonhomme, c'est à vous autres de vous examiner.* Jeannin partagea toujours avec Sully la confiance de ce Monarque, au point d'avoir quelquefois inspiré à cet illustre Sully, une jalousie dont on aperçoit des traces dans ses mémoires. « Jeannin, dit Péréfixe, était plus » considéré que le Duc de Sully pour les négociations » et les affaires étrangères. »

Il fut chargé de la négociation entre les Hollandais et le Roi d'Espagne, une des plus difficiles qu'il y eût jamais : il en vint à bout, et fut également estimé des deux partis. Les États-Généraux remercièrent solennellement Henri IV de leur avoir envoyé un ministre si sage et si éclairé. Scaliger et Barneveld, témoins de sa prudence, protestaient qu'ils sortaient toujours d'avec lui meilleurs et plus instruits. Le Cardinal Bentivoglio dit qu'il l'entendit parler un jour dans le conseil avec tant de vigueur et d'autorité, qu'il lui sembla que toute la majesté du Roi respirait sur son visage.

La Reine-mère, après la mort de Henri IV, se reposa sur lui des plus grandes affaires du Royaume, et lui confia l'administration des finances. Il les mania avec une fidélité dont le peu de fortune qu'il laissa à sa famille fut une bonne preuve. Henri IV qui se reprochait de ne lui avoir pas fait assez de bien, dit en plusieurs rencontres *qu'il dorait quelques-uns de ses sujets pour cacher leur malice ; mais que pour le Président Jeannin, il en avait toujours dit du bien sans lui en faire.*

Dans sa jeunesse, un homme riche qui, charmé de son éloquence, voulut en faire son gendre, lui demanda l'état de son bien ; Jeannin lui montra sa tête et ses livres : *Voilà*, dit-il, *toute ma fortune.* Et dans le temps de son élévation, un prince qui cherchait à l'embarrasser, lui ayant demandé de qui il était fils, il lui répondit : *de mes vertus.*

Ce grand Ministre mourut en 1622. On a de lui des *mémoires* et des *négociations*, écrits fort estimés. Le Cardinal de Richelieu en faisait sa lecture ordinaire dans sa retraite d'Avignon, et trouvait toujours à y apprendre.

Les restes de Jeannin furent portés et inhumés à

'Autun, dans l'Eglise cathédrale de St.-Lazarre. On y
voit encore sa statue en marbre ainsi que celle de
son épouse; ces deux statues sont sorties du ciseau
d'un artiste infiniment habile. Celle de Jeannin sur-
tout est regardée par les connaisseurs comme un
morceau admirable.

La mémoire de Jeannin est toujours de plus en
plus chère à ses compatriotes : M. Guyton-Morveau a
publié, en 1766, un excellent éloge de cet illustre
magistrat; son buste en pierre est un de ceux qui
ornent la bibliothèque publique de Dijon, et le Maire
de cette ville, vient de faire placer dans la grande salle
de la Maison-Commune, une inscription en lettres d'or
qui rappelle la vertueuse résistance qu'opposa Jannin
aux horreurs de la St.-Barthélemi.

(5) Dijon a donné naissance à trois personnages re-
commandables, du nom de Jean Bouhier. (V. la
bibliothèq. des Aut. de Bourg.) Le plus illustre des
trois est né en 1673. Ses talens pour les lettres, les
langues et la jurisprudence se développèrent de bonne
heure. Il savait le Grec, le Latin, l'Hébreu, l'Es-
pagnol et l'Italien. Il obtint en 1704, la charge de
Président à mortier au Parlement de Dijon, et en
1727 il fut reçu membre de l'Académie française, avec
une unanimité de suffrages d'autant plus flatteuse, que
le crédit n'y avait eu aucune part. Il possédait une
riche bibliothèque qu'il ouvrait à tous les savans, et
à l'entrée de laquelle il aurait pu mettre : *mihi et
amicis.* Son caractère officieux et communicatif lui
attira différens hommages. Ce magistrat s'était adonné
à la poësie dès sa jeunesse. Ce fut d'abord pour le dis-
traire de ses occupations, ensuite pour avoir un soulagement contre les douleurs de la goutte. Il a laissé

un assez grand nombre d'ouvrages tous estimés. En général ses écrits sont marqués au coin du bon goût et de la plus profonde érudition ; mais on reproche à ses vers, qui d'ailleurs ne manquent pas d'élégance, d'être quelquefois un peu trop négligés. Mme. la Présidente Bouhier, aussi ingénieuse que son époux était savant, lui disait quelquefois : *chargez-vous de penser, et laissez-moi écrire.*

Un de ses amis, s'étant approché de lui à sa dernière heure, lui trouva l'air d'un homme qui médite profondément. Le moribond lui fit signe de ne le point troubler : *j'épie la mort*, dit-il, en faisant un effort pour prononcer ce peu de paroles. Il mourut à Dijon, à 73 ans.

(6) VAUBAN (Sébastien le Prestre de), né en 1633 à St.-Léger-de-Foucheret, en Bourgogne, commença à porter les armes dès l'âge de 17 ans, et fit connaître bientôt dans divers sièges ce que l'Etat pouvait attendre de son génie et de sa valeur.

Vauban, selon Fontenelle, fut le seul homme de guerre pour qui la paix ait été aussi laborieuse que la guerre même. Pendant la guerre, il assiégeait ; pendant la paix, il fortifiait les places. Il mourut à Paris, en 1707, à 74 ans, après avoir travaillé à trois cents places anciennes, en avoir construit trente-trois nouvelles, s'être trouvé à cent quarante actions de vigueur, et avoir conduit cinquante-trois sièges. » C'était, poursuit Fontenelle, un Romain qu'il sem-» blait que notre siècle eût dérobé aux plus heureux » temps de la république.» Personne n'a eu un zèle plus ardent pour la Patrie, et n'a plus cherché à soulager les citoyens. Dans ses fréquens voyages, il s'informait avec soin de tous les détails de l'agriculture et du commerce, rien ne lui échappait. Il avait écrit un prodigieux nombre d'idées qui s'étaient présentées à son esprit pour le bien public. De toutes ces différentes vues, il avait composé douze gros volumes manuscrits qu'il intitula modestement *Ses Oisivetés*. « S'il était possible que tous ses projets » s'exécutassent, dit son ingénieux panégyriste, ses » oisivetés seraient plus utiles que ses travaux. »

Outre les *Oisivetés*, il y a encore plusieurs ouvrages qu'il a faits ou qu'on lui attribue, ou que l'on dit avoir été composés sur ses idées. L'Académie des Sciences se l'associa en 1699, comme un homme qui ferait autant d'honneur à son Corps qu'il en faisait à la France.

Egalement incapable de jalousie et d'orgueil, rien ne put jamais altérer son dévouement aux intérêts de sa patrie. *La Feuillade* ayant été chargé du siège de Turin, Vauban offrit de servir comme volontaire dans son armée. *J'espère prendre Turin à La Cohorn*, dit audacieusement ce jeune Général sans expérience, en refusant le Grand-Homme qui seul pouvait le secourir. Le siège n'avançant point, Louis XIV consulta Vauban qui offrit encore d'aller conduire les travaux : « Mais M. le Maréchal, lui dit le Roi, songez-» vous que cet emploi est au-dessous de votre dignité ? » » *Sire*, répondit Vauban, *ma dignité est de servir* » *l'Etat : je laisserai le bâton de Maréchal à la porte,* » *et j'aiderai peut-être le Duc de la Feuillade à* » *prendre la ville.* Ce vertueux citoyen ayant été refusé, parce qu'on craignait de donner du dégoût au Général, fut envoyé à Dunkerque, et rassura par sa présence les esprits effrayés. A la prudence, Vauban joignait l'intrépidité, et lorsque le service l'exigeait, il bravait de sens froid les plus grands périls. Il reçut, au siège de Douai, un coup de mousquet à la joue, et n'en continua pas moins ses travaux.

Sujet plein d'une fidélité inviolable, mais nullement courtisan, Vauban aimait mieux servir que plaire; il méprisait cette politesse superficielle qui couvre souvent tant de perfidie et tant de dureté; mais sa bonté, son humanité, sa libéralité lui composaient une autre politesse plus rare et plus précieuse, qui était dans son cœur. C'est celle-là qui est le partage des Grands-Hommes et des véritables gens de bien.

(7) CAZOTTE (Claude-Joseph) né à Dijon, avait servi dans la marine, au grade de major d'artillerie.

Retiré du service depuis quelques années, il vivait paisiblement dans cette ville, lorsqu'en 1791 la guerre appela les Français à la défense de leur territoire. Nos jeunes concitoyens étaient accourus par milliers sous les drapeaux de la Patrie; mais ils n'avaient que des bras et du zèle, et il leur fallait quelques hommes sages et expérimentés qui voulussent bien les guider dans le chemin de la victoire. Cazotte s'offrit : il partit à la tête du second bataillon de la Côte-d'Or, et quoique très-âgé, il voulut, ainsi que ses autres compagnons d'armes, faire la route à pied. C'était Phocion à la tête des Athéniens. Il fut tué dans une affaire de nuit, où la fortune triompha de la valeur (*).

(*) *Cette affaire eut lieu au village de Griseulle près de Maubeuge, où était campée l'armée commandée par le Général Lafayette. Le Général Gouvion, commandant l'avant-garde, y perdit aussi la vie.*

Cazotte eût pu fuir, mais il aima mieux être égorgé que d'abandonner une pièce de canon dont l'ennemi voulait se rendre maître. On dit même que les Autrichiens exercèrent sur ce respectable et malheureux vieillard, des fureurs inouies. Le commandant en second, *Fondard*, éprouva le même sort.

Lorsqu'à Dijon l'on apprit la mort de Cazotte, on le plaignit, et sur-tout on l'admira ; et c'est à cette époque que je composai la romance que j'ai insérée dans *l'Hommage aux Grands-Hommes*. Les citoyens lui décernèrent une couronne civique qu'ils allèrent attacher en pompe au-dessus de la porte de la maison qu'il avait occupée. Cette couronne, peinte sur bois, est soutenue par deux Génies qui, la trompette à la bouche, publient la gloire du *Décius* Dijonnais, et plus bas on lit cette inscription :

COURONNE CIVIQUE
DÉCERNÉE EN L'HONNEUR ET GLOIRE
DU BRAVE
ET DÉSINTÉRESSÉ CAZOTTE,
COMMANDANT D'UN BATAILLON
DE LA COTE-D'OR.

Cet hommage simple mais respectable, avait survécu à un grand nombre d'autres monumens de cette nature, résisté à toutes les fluctuations politiques et obtenu en quelque sorte la sanction de toutes les opinions ; mais, les injures de l'air l'ayant presque totalement dégradé, le nouveau propriétaire de la maison Cazotte vient de le déplacer, et il a agi prudemment, attendu que la chute de ce tableau eût pu causer quelque accident. Il en a conservé les débris. Cazotte est mort dans la nuit du 11 au 12 juin 1792, âgé d'environ 72 ans, et il a laissé son nom à la rue dans laquelle il demeurait ainsi qu'à la maison qu'il a oc-cupée.

(8) Nous empruntons du Journal de la Côte-d'Or, la notice suivante sur le Capitaine THUROT.

Thurot naquit à Nuits en 1727, et à l'âge de 17 ans il quitta la maison paternelle pour se rendre à Boulogne où il s'embarqua en qualité de chirurgien, sur un corsaire qui tomba au pouvoir des Anglais. Il souffrait impatiemment sa captivité, et s'étant em-paré d'un bateau pêcheur, il arriva à Calais une heure après le Maréchal de Belle-Ile qui lui donna sur son courage des éloges mérités, et lui accorda sa protec-tion. Notre compatriote étudia la marine à Boulogne, et ses connaissances lui firent confier le commande-ment d'un vaisseau marchand qui négociait sur les côtes de l'Irlande et de l'Écosse; il y conduisit des marchandises dont la prohibition fit prendre et con-fisquer son navire, et comme il ne put en obtenir la restitution, il quitta le pays en jurant de se venger de la nation Anglaise. La guerre de 1755 lui en four-nit l'occasion; Mme. de Belle-Ile fit les fonds d'un corsaire qu'il équipa; ses exploits, ses prises lui firent un nom et il obtint le commandement d'une frégate. Ce fut avec elle qu'il enleva au port de Douvres un gros vaisseau marchand qui venait de l'Amérique. La confiance qu'avaient en lui, et le Ministère Fran-çais et les négocians maritimes, était telle que pour réparer sa frégate qui avait beaucoup souffert, il trouva à Stockolm, une somme de deux cent mille francs, pour laquelle il fit une traite sur le Ministre de la guerre qui l'acquitta sur-le-champ.

De retour en France, on ajouta deux bâtimens à

sa frégate, et il désola les côtes d'Irlande et d'Écosse qu'il connaissait comme les environs de Nuits. Il était tellement redouté des Anglais, que sachant qu'il était parti de Dunkerque avec cinq vaisseaux, ils mirent en mer une escadre qui alla à sa rencontre. Ce Marin qui ne savait pas reculer, montait à l'abordage du vaisseau commandant, lorsqu'un biscaïen l'atteignit à la tête et le renversa sur le pont. L'équipage consterné se défendit faiblement et fut pris par les Anglais. Ce grand Capitaine mourut à l'âge de 33 ans.

Presque tous les écrivains du pays, qui ont parlé de ce brave Nuiton, ont prétendu que ceux qu'il avait si souvent battus, firent de lui le plus bel éloge funèbre, en transportant dans leur pays le corps de Thurot, et en lui rendant tous les honneurs qu'ils portent à un général de leur nation ; mais un de nos concitoyens qui montait le même vaisseau, qui vit périr ce vaillant Capitaine, et l'auteur de sa vie qui parut en 1790, assurent que le commandant ennemi, M. Elliot, ordonna que le corps de Thurot fut jeté à la mer. Le seul hommage bien flatteur pour la mémoire de ce Marin, que les Anglais lui rendirent, ce sont les regrets qu'ils donnèrent à sa mort, et qu'ils ne dissimulèrent pas aux Français que sa perte avait fait tomber entre leurs mains.

Ainsi donc les lettres et les sciences qui font la gloire du pays, ne sont pas le seul apanage de notre département : la guerre sur le continent lui doit des héros, la marine y a vu naître un Jean-Bard ; et nos irréconciliables ennemis y ont trouvé un adversaire dont la mort priva trop tôt la France, à qui son expérience et son intrépidité auraient ménagé d'autres succès.

(9) SÉVIGNÉ (Marie de Rabutin, Dame de Chan-
tal et de Bourbilly, et Marquise de). Née dans un
rang illustre, au sein des grandeurs et des richesses,
douée de toutes les grâces de la figure, de toutes
les qualités du cœur et de l'esprit, Mme. de Sévigné
n'eût eu que l'estime et l'amour de son siècle, si la
tendresse qu'elle portait à Mme. de Grignan sa fille,
n'en eût fait un de nos plus aimables écrivains. Elle
était d'une famille à qui la culture des lettres n'était
point étrangère; elle sortait de la maison des Rabutins,
et nacquit en Bourgogne en 1626. A l'âge de 18 ans,
elle épousa le Marquis de Sévigné qui, peu d'années
après, périt dans un duel. Cette jeune veuve renonça
à de nouveaux liens, se consacra toute entière à
l'éducation de ses enfans, et ce fut à sa fille qu'elle
adressa ce grand nombre de lettres qu'on relit, toujours avec un nouveau plaisir.

Il règne dans cet ouvrage une naïveté, un enjouement et une délicatesse qui charment. Son style est
celui de La Fontaine, aisé, négligé, noble et toujours original. Les anecdotes, les particularités, les
applications, tout y prend une tournure intéressante,
tout y est conté de la manière la plus ingénieuse.
Ses jugemens sur les auteurs célèbres de son temps,
n'ont pas tous cette justesse qu'on devait attendre d'une
femme si bien faite pour apprécier les talens. Quelques-
uns se ressentent un peu de l'esprit de coterie, des sé-
ductions de société dont les hommes sont rarement
exempts, et auxquels les femmes sacrifient peut-être
plus encore. On est fâché, par exemple, de l'entendre
dire de Racine, qu'on s'en dégoûtera comme du café.
Jusqu'ici on ne s'est dégoûté ni de l'un ni de l'autre,
et si une partie de la prédiction s'accomplit, ce n'est

surément pas sur Racine que tombera cet arrêt dont l'appel même est jugé depuis long-temps.

Mais cette opinion est une de ces taches légères qui n'obscurcissent pas l'éclat du soleil : Mme. de Sévigné sera toujours le modèle de la tendresse des mères , et le modèle de ceux qui dans la république des lettres, tenteraient de suivre la carrière qu'elle a illustrée.

(*Extrait du Journal de la Côte-d'Or.*)

(10) PIRON (Alexis) naquit à Dijon le 9 juillet 1689. Ses écrits sont dans toutes les mains , et ses bons mots ont été dans toutes les bouches : je ne ferai donc point ici le détail des uns ni des autres. Je me contenterai de rappeler qu'outre un assez grand nombre d'autres écrits , il s'est fait connaître par de bons ouvrages dans les genres tragique et comique. Sa tragédie de *Gustave*, qui offre des choses fortes et rendues avec énergie, et qui décèle un génie original , est restée au théâtre ; mais c'est sur-tout dans la *Métromanie*, que Piron a déployé toute l'étendue et la flexibilité de son talent. Cette comédie, la meilleure qui ait paru depuis le *Joueur* de *Regnard*, a mis le dernier sceau à sa réputation. Cette pièce, en cinq actes, bien conduite , semée de traits neufs, pleine de génie , d'esprit et de gaieté , fut jouée avec le plus grand succès en 1738, sur le théâtre Français. L'auteur trouva dans la capitale tous les agrémens que peut se promettre un homme d'esprit dont les saillies sont intarissables. Admirable dans la conversation où il n'eut point d'égal , plein du sel de *Rabelais* et de l'esprit de *Swift* , toujours neuf, toujours original , il n'est point d'homme qui ait fourni un plus grand nombre de traits à recueillir. Il mourut

le 21 janvier 1773, à 83 ans; il s'était fait lui-même cette épitaphe qui se ressent de son génie épi-grammatique :

> Ci gît Piron, qui ne fut rien,
> Pas même Académicien.

Son buste, un de ceux qui sont sortis du ciseau d'Attiret, décore la salle de l'Académie de Dijon ; on le voit aussi à la Bibliothèque publique de cette ville.

Nous possédons encore parmi nous un des neveux de Piron, qui, dit-on, a hérité des rares talens de son oncle, et a composé divers morceaux de poësie que cet oncle illustre n'eût pas désavoués lui-même. Il est âgé de plus de 86 ans. Il vient de perdre son épouse qui était presque aussi âgée que lui, et dont les talens dans un autre genre, ne le cédaient pas à ceux de son époux. Mme. Piron excellait dans la peinture en cheveux. Elle a emporté au tombeau l'estime et les regrets d'une ville, constante admiratrice du génie, sous quelque forme qu'il se montre. Je n'exagère point en disant que Mme. Piron avait du génie, et je ne serai pas moins vrai en ajoutant qu'elle se distinguait encore davantage par la douceur de son caractère, l'honnêteté de ses mœurs, et enfin par toutes les qualités précieuses qui sont particulières à son sexe. Si j'entreprenais de faire son éloge, je ne craindrais pas d'être démenti par la voix publique, en la peignant comme un modèle de talens et de vertus.

(11) BUFFON (Georges-Louis LECLERC, Comte de), l'un des quarante de l'Académie Française, Trésorier perpétuel de celle des Sciences, Intendant du Jardin Royal des Plantes, naquit à Montbard, le 7 sep-

tembre 1707, et mourut à Paris le 16 avril 1788.
Peu d'hommes ont été mieux traités de la nature :
au corps d'un athlète, il joignait l'ame d'un sage ; sa
figure mâle et noble annonçait le caractère de son
tempérament et de son génie. Ses premiers ouvrages,
quoique très-estimables en leur genre, sont bien moins
célèbres que son *Histoire Naturelle, Générale
et particulière*, dont les premiers volumes parurent
en 1749. « L'étude de la nature, dit l'auteur, dans
» un discours préliminaire, suppose dans l'esprit deux
» qualités qui paraissent opposées : les grandes vues
» d'un esprit ardent qui embrasse tout d'un coup
» d'œil et les petites attentions d'un instinct labo-
» rieux qui ne s'attache qu'à un seul point ». Voilà
le caractère d'esprit de Buffon, peint par lui-même
sans le savoir. Quelle sagacité dans les recherches !
Quelle vérité dans les descriptions ! Que de faits ras-
semblés, discutés, comparés ! Quelle foule d'idées
neuves, d'observations ingénieuses ! Avec quel art
il saisit les rapports et les différences ! Avec quelle
finesse il rapproche les actions des animaux de leur
instinct ! Avec quelle énergie il peint leur caractère
distinctif, leurs bonnes et mauvaises qualités ! Avec
quelle sensibilité il ramène l'homme au sentiment de
sa relation avec les moindres objets de la nature !
Cette manière de voir si intéressante, embellie encore
par les charmes d'une imagination à demi-poëtique,
le fait lire avec plaisir par ceux-même qui ne pensent
pas comme lui. Correction, harmonie, propriété
d'images, clarté continue, enchaînement dans les
idées, il n'est aucune des qualités d'un grand écrivain dont il n'offre le modèle. Personne n'avait plus
réfléchi que lui sur tout ce qui constitue un bon et un

mauvais style. Son discours de réception à l'Académie Francaise, est un précis noble et énergique des meilleurs principes de ce genre. Buffon écrivait difficilement, et il avait cela de commun avec le philosophe Genevois. Il passait quelquefois une matinée entière. à arranger une seule phrase. Aussi disait-il que *le génie n'était qu'une grande aptitude à la patience.*

L'imagination qui répand tant de charmes sur le style, était une des parties dominantes du génie de Buffon. C'est sans doute cette grande qualité de l'ame qui a fait naître les systèmes qui remplissent les premiers volumes de son *Histoire Naturelle* et de ses *Époques de la Nature.* On y reconnaît une tête remplie de vues supérieures, et sachant rapprocher et comparer des observations frappantes. Son idée sur la formation des planètes et son opinion sur les changemens arrivés à la terre, supposent un homme capable de longues recherches et de grandes combinaisons. Les divers systèmes de Buffon trouvèrent des contradicteurs : sa manière de voir sur la reproduction des êtres vivans, souffrit autant de difficulté que sa *Théorie de la Terre.* Si l'on a traité ces idées de romans, du moins est-on convenu que la parure que Buffon leur a donnée, en fait des romans remplis d'agrément et d'intérêt. La physique a de grandes obligations à ce savant. Avant lui on doutait si le miroir d'Archimède avait existé; il l'a en quelque sorte renouvelé au bout de 20 siècles. Une telle découverte suffirait pour immortaliser Buffon, quand même son nom n'aurait pas eu d'autres titres pour aller à la postérité. Nommé Intendant des Jardins du Roi, il y réunit toutes les richesses de l'histoire naturelle. Son nom connu dans les quatre parties du monde, lui procurait tout ce qu'elles offrent de plus curieux. Pendant la guerre des Anglais avec leurs colonies, on vit des corsaires lui envoyer les caisses à son adresse , tandis qu'ils gardaient celles du Roi d'Espagne. Lorsque la grande Duchesse de Russie vint à Paris, elle demanda si Buffon y était, et sur ce qu'on lui dit qu'il était dans sa terre, elle répondit : *j'irai donc faire ma cour à son cabinet, ne pouvant la faire à lui-même.* Sa conversation simple, noble et nourrie , était celle d'un homme qui, maître de ses idées , sait élever et abaisser son ton à propos. C'est à table où il restait assez long-temps, qu'on avait le plaisir de l'entendre à son aise. Attaché à ses devoirs, à ses parens, à ses amis, il jouit de l'estime même de ses ennemis. Exempt de toute jalousie , il répétait souvent : « *N'y a-t-il pas assez de place dans l'opinion publique, pour que chacun puisse y habiter en repos !* Aimant la société des femmes et les recherchant avec avidité , il ne se montrait jamais sous des dehors négligés ; et toujours jaloux de plaire , il avait un soin extrême de sa parure. Cependant sa passion dominante était l'amour de l'étude : il était infatigable au travail. C'était surtout à Montbard qu'il se livrait sans distraction à ses spéculations et à ses recherches. Dès les cinq heures du matin , il montait à un pavillon placé au milieu de ses vastes jardins, pavillon que le Prince Henri de Prusse appela *le Berceau de l'Histoire Naturelle*, et dont Jean-Jacques Rousseau baisa avec respect le seuil de la porte. Il mourut à 81 ans.

(12) DURANDE (Jean-François), Médecin de Dijon et membre de l'Académie de cette ville, s'est fait connaître par ses connaissances en chimie et en botanique. Ses vertus privées donnaient du prix à ses

lumières. On lui doit les ouvrages suivans : 1°. *Elé-mens* de Chimie. L'auteur travailla à cet ouvrage de concert avec MM. Maret et Guyton-Morveau ; 2°. *Notions* élémentaires de Botanique , pour servir au cours public de l'Académie de Dijon ; 3°. Flore de Bourgogne, ou *Catalogue des plantes naturelles à cette province ;* 4°. *Mémoire* sur la coraline arti-culée des boutiques ; 5°. *Nouveau moyen* de multi-plier les arbres étrangers ; 6°. *Mémoire* sur le cham-pignon ridé, et sur les autres plantes de la même famille ; 7°. *Mémoire* sur l'abus de l'ensevelissement des morts ; 8°. *Observations* sur l'efficacité du mélange d'Ether sulfurique et d'huile volatile de *térébinthe* dans les coliques hépatiques , produites par des pierres biliaires. *Durande* est mort à Dijon , le 4 pluviôse de l'an 2, et son éloge a été lu dans la séance pu-blique de l'Académie de cette ville , le 10 messidor de la même année. Je regrette que les bornes de cette note ne me permettent point de l'y insérer. J'aurais un vrai plaisir à payer à la mémoire de cet homme respectable une dette bien chère à mon cœur. Attaqué, en 1786, d'une maladie cruelle, c'est à ses lumières et à ses soins que je fus redevable de la vie. Ce bienfait sera toujours présent à ma mémoire , et je saisis avec une sorte d'empressement religieux, l'oc-casion de joindre au tribut de la reconnaissance pu-blique , celui de ma gratitude particulière.

(13) Maret (Hugues), célèbre Médecin de Dijon et secrétaire perpétuel de l'Académie de cette ville, fut enlevé le 11 juin 1785 , à 66 ans, par une mort pré-maturée et patriotique. Chargé d'empêcher les ra-vages d'une épidémie, il était allé la combattre dans un village de Bourgogne ; il y périt, victime du fléau

auquel il voulait s'opposer. Son éloge funèbre fut prononcé quelques jours après à l'Académie de Dijon par Mailly, membre de cette compagnie, et professeur d'Histoire au Collège. On a de Maret divers écrits sur l'inoculation de la petite vérole, l'usage des bains, des eaux minérales, et sur les principales branches de la médecine et de la chimie. Il est encore l'éditeur du premier volume des *Mémoires de l'Académie de Dijon*, dans lequel il a inséré l'histoire de cette société littéraire. On a aussi de lui : *Tableau de la fièvre pathéchiale ; Moyens d'arrêter la Variole ; Éloge historique de Rameau*, etc. etc.

Comme médecin et comme savant, il fut également regretté, parce qu'il joignait des lumières étendues, à un caractère doux et obligeant, et à un zèle infatigable.

(*) CHASSENEUX (Barthelemi de), né près d'Autun en 1480, passa du Parlement de Paris où il était Conseiller, à celui de Provence, où il fut premier ou plutôt seul président ; car alors il n'y en avait point d'autres. Il occupait ce poste lorsque cette compagnie rendit en 1540, le fameux arrêt contre les Vaudois, habitans de Mérindol. Ce qui suspendit l'exécution de cet arrêt fut, dit-on, une chose puérile en apparence, mais qui peint les mœurs du siècle. Chasseneux avait publié en 1529 un gros fatras in-folio, intitulé *Catalogus Gloriæ Mundi.* « Il y raconte, dit Garnier, que dans les temps qu'il exerçait à Autun la profession d'Avocat, il pullula tout-à-coup une si grande multitude de rats, que les campagnes furent dévastées et qu'on craignit une disette générale. Comme les remèdes humains paraissaient insuffisans contre ce fléau, ont eut recours aux sur-

naturels : le grand vicaire fut chargé de les excommu-
nier. Pour rendre cette excommunication valide, on
crut devoir suivre toutes les formalités de l'ordre judiciaire. Sur la plainte rendue par le promoteur, les
rats furent assignés à comparaître. Après les délais
expirés, le promoteur obtint un arrêt par défaut et
demanda que l'on procédât à la sentence définitive.
Le grand vicaire constitua d'office un défenseur aux
accusés, et ce défenseur fut Chasseneux. Il s'attacha
d'abord à prouver que les rats dispersés dans un
grand nombre de villages, n'avaient point été suffisamment appelés par une simple assignation, et qu'elle
devait leur être signifiée au prône de chaque paroisse,
ce qui lui fit obtenir un délai assez considérable.
Lorsqu'il fut expiré, sans que les parties eussent
comparu, il entreprit de les excuser sur la longueur
et les incommodités du voyage, sur le danger évident de mort auquel ils étaient exposés de la part
des chats, leurs ennemis jurés, qui les guettaient à tous
les passages. Enfin il remontra tous les inconvéniens
et l'injustice de ces proscriptions générales qui en-
veloppent les enfans avec les pères, les innocens avec
les coupables, et fit si bien valoir toutes les raisons,
soit d'équité naturelle, soit de droit positif, qui
étaient favorables à sa cause, qu'il acquit dès-lors de
la célébrité et jeta les fondemens de son élévation.
Dans le temps qu'il poursuivait avec chaleur l'exécution des arrêts du Parlement d'Aix contre les Vaudois, d'*Allens*, gentilhomme provençal, alla le
trouver, et lui remettant sous les yeux cet endroit
de son ouvrage : *pensez-vous, lui dit-il, qu'un pre-*
mier Président doive moins qu'un Avocat, respecter
l'ordre judiciaire et en observer les formes ? ou croyez-
vous qu'une société d'hommes mérite moins d'égards

qu'un vil amas d'insectes ? Le Président rougit, et
s'il ne désavoua pas publiquement ses premiers arrêts, il en suspendit l'exécution. »

Les commissaires de la Cour secondèrent les vues
de Chasseneux, devenu beaucoup plus indulgent.
Guillaume *du Bellay*, Seigneur de *Langei*, Gouverneur du Piémont, fut chargé par le Roi de s'informer
des mœurs et des principes des Vaudois. Il manda à
la Cour, après une perquisition exacte, que « ceux
qu'on nommait Vaudois dans les montagnes de Provence, étaient des gens qui, depuis trente ans avaient
pris des terres en friche, à la charge d'en payer la
rente à leurs maîtres, et que, par un travail assidu,
ils les avaient rendues fertiles et propres au pâtu-
rage et au grain ; qu'ils étaient gens de beaucoup
de fatigues et de peu de dépenses ; qu'ils payaient
exactement la taille au Roi et les droits à leurs
Seigneurs ; qu'à la vérité on les voyait peu à l'Église ;
qu'y étant, ils ne se mettaient point à genoux
devant les images ; qu'ils ne faisaient point dire
de messes, ni pour eux ni pour les morts ; qu'ils ne
faisaient pas le signe de la croix, qu'ils ne prenaient
pas d'eau bénite ; qu'ils n'ôtaient point le chapeau
devant les croix ; que leurs cérémonies étaient différentes des nôtres ; que leurs prières publiques se faisaient en langue vulgaire ; qu'enfin ils ne reconnais-
saient ni le Pape ni les Évêques, et avaient seulement quelques-uns d'entre eux qui leur servaient de
ministres et de pasteurs dans les exercices de leur
religion. » (*Fabre*, Histoire Ecclésiastique, liv. CXLI,
n°. 63.)

Ce rapport ayant été fait au Roi, il envoya au
Parlement d'Aix une déclaration datée du 18 février
1541, par laquelle il pardonnait aux Vaudois, pourvu

que dans trois mois, ils abjurassent leurs erreurs.
Aussitôt les habitans de Mérindol envoyèrent à Aix
deux députés pour demander qu'il plût au Parlement
de faire informer de leurs erreurs et de les leur faire
connaître. Chasseneux les ayant mandés, leur remontra qu'il était inutile d'informer de ces erreurs
qui étaient notoires. Il les exhorta à y renoncer, et
à ne pas obliger le Parlement à procéder contre eux
avec la dernière rigueur ; que cependant ils pouvaient
donner leur confession de foi. Ils le firent en effet
dans une requête du 7 avril 1541, qui contenait un
grand nombre d'articles. Mais pendant qu'on les exa-
minait à Aix ainsi qu'à Paris, la mort emporta
Chasseneux. Ce fut en 1542, à 60 ans qu'il termina
sa carrière. Tous les historiens conviennent et *Piton*
assure *dans son histoire de la Ville d'Aix*, qu'il mourut empoisonné avec un bouquet de fleurs. Il ne nous
apprend pas d'où ce coup lui vint ; mais il y a lieu
de soupçonner, dit *Nicéron*, que ce fut l'effet de la
haine que conçurent contre lui ceux qui étaient si fort
acharnés à la ruine des habitans de Mérindol, et qui
peu de temps après, firent jouer contre eux une san-
glante tragédie.

Le plus considérable et le plus estimé des ouvrages
de Chasseneux, est un *Commentaire* latin sur les
coutumes de Bourgogne et de toute la France, in-
folio, imprimé cinq fois pendant la vie de l'auteur
et plus de quinze depuis. La dernière édition, enrichie
de l'éloge de Chasseneux par le Président Bouhier,
a été donnée in-4°. en 1717, et encore depuis refon-
due dans une autre de 2 vol. in-fol. Chasseneux avait
épousé *Pétronille Languet* ; mais le bien que lui
apporta sa femme ne le dédommagea point de sa
mauvaise humeur.

Cette notice, à part ce qui concerne les ouvrages

de Chasseneux, a été copiée textuellement dans le
Dict. Hist. de MM. Chaudon et Delandine ; cet ar-
ticle m'a semblé présenter de l'intérêt, c'est pourquoi
je l'ai transporté ici dans son entier. Ce n'est pas que
je l'adopte dans toutes ses circonstances , et je suis
assez disposé à partager l'avis de Nicéron et de l'abbé
Papillon, relativement à quelques faits. Ils révoquent
en doute la prétendue conversation de Chasseneux
avec le gentilhomme Provençal , et sur-tout le conte
des rats , rapporté par Garnier , quoique ce conte se
trouve dans *de Thou, Bouché, Gauffridi, etc*. Ils
prétendent que ce n'est pas dans son *Catalogue de la
Gloire du monde*, mais dans ses *Conseils* que Chasseneux raconte l'histoire, non des rats , mais de certaines mouches qui détruisaient les raisins aux environs de Beaune. Il est présumable que Chasseneux
avait des motifs de conduite plus solides que ceux tirés
d'un récit , qui dans le fait , ne ressemble guères qu'à
une fable ou à une plaisanterie. Le Dictionnaire Historique porte ces mots : *dans le temps qu'il poursuivait avec chaleur l'exécution des arrêts du Parlement
d'Aix* , *etc*. Ces prétendues dispositions de Chasseneux ne me paraissent point s'accorder avec le reste
de sa vie , et l'on ne voit pas trop sur quel fondement
on a pu accuser Chasseneux d'une sorte d'acharnement contre les Vaudois , lui qui les a constamment
protégés. Le Roi avait mandé au Parlement de Provence de les punir très-sévèrement et d'extirper l'hérésie, s'il était possible. « Chasseneux voulait, dit Pa-
» pillon, qu'on commençât cette affaire par les *voyes*
» *d'exhortation et de douceur;* mais cette modération
» n'accommodait point le goût impétueux des Pro-
» vençaux : nous apprenons d'ailleurs des Historiens,
» que quelques officiers du Parlement d'Aix avaient

» un intérêt particulier, à la destruction de ces pauvres
» villageois. Toute l'adresse de Chasseneux ne put
» empêcher l'arrêt du 18 novembre 1540, qui con-
» damna au feu plusieurs hérétiques, par contu-
» mace ; par ce même arrêt, leurs femmes et leurs
» enfans, qui n'avaient été ni cités ni entendus, furent
» bannis du Royaume et tous leurs biens confisqués.
» et comme on supposait que Mérindol servait de re-
» traite à toutes les personnes soupçonnées de mau-
» vaise doctrine ; l'arrêt ajouta que toutes les maisons
» de ce village, le château et quelques forts des en-
» virons seraient démolis et rasés, les bois coupés
» à 200 pas à l'entour et le lieu rendu inhabitable. »
Chasseneux consentit à signer cet arrêt ; mais dans
l'espérance d'en éluder l'exécution, et les historiens
lui attribuent la gloire de l'avoir empêchée. C'était
tout ce qu'il pouvait faire, étant environné d'hommes
puissans qui ne partageaient pas ses vues. Chasseneux
fut toujours irréprochable et il n'en eut que plus
d'ennemis. A peine eut-il pris possession de sa charge
de Président au Parlement de Provence, qu'il éprouva
le danger d'être trop honnête-homme parmi des gens
qui ne le sont pas assez. « L'Avocat-général Laugier
» ou Laugery, dit encore l'Abbé Papillon, n'étant
» peut-être pas content de la grande droiture de ce nou-
» veau chef, chercha à le perdre en faisant quelques
» procédures contre lui. Chasseneux demanda au Roi à
» se justifier. François I ᵉʳ. envoya quatre Présidens,
» un de Paris, un de Bordeaux, un de Toulouse et
» un de Grenoble, tant pour reconnaître la vérité de
» cette accusation que de plusieurs malversations im-
» putées à divers officiers de la même province. Ces
» commissaires ayant vérifié que les informations contre

» Chasseneux étaient fausses, ordonnèrent à Laugier
» de comparaître au conseil du Roi, où ses calomnies
» ayant été pleinement avérées, il fut condamné par
» arrêt de l'année 1535, à une réparation d'honneur
» envers le premier Président et en mille livres d'a-
» mende. »

Je ne suis entré dans tous ses détails que par respect pour la mémoire d'un de nos illustres compatriotes, et pour le dédommager en quelque sorte d'un
jugement (celui des auteurs du Dict. Hist.), qui
me paraît avoir été porté avec une espèce de préci-
pitation. Il n'est pas croyable qu'un Magistrat judicieux ne se soit décidé, dans une circonstance infiniment grave, que d'après une misérable et ridicule
historiette, et l'on ne saurait, ce me semble, re-
garder comme l'oppresseur des habitans de Mérindol,
celui qui toute sa vie a lutté pour eux, et qui même
a payé de ses jours son dévouement à la cause sublime de l'humanité ; temps désastreux, que vous
nous avez laissé d'amers souvenirs ! Ah ! félicitons-
nous de notre bonheur, nous qui vivons dans un
siècle de lumières où la douce concorde rapproche les
hommes, et sous un gouvernement paternel qui, ne
nous montrant de la religion que ce qu'elle a d'auguste et de consolant, n'a pas besoin d'avoir recours
aux bûchers et aux échaffauds, pour ramener les citoyens aux pieds des autels.

TAISAND (Pierre), Avocat et Jurisconsulte au Parlement de Dijon sa patrie, puis Trésorier de France
en la généralité de Bourgogne, naquit en 1644, et
et mourut en 1715, aimé et estimé. Ses meilleurs
ouvrages sont : 1°. les *Vies des plus célèbres Juris-*

consultes ; 2°. *Histoire du Droit Romain* ; 3°. *Cou-*
tume générale de Bourgogne , avec un *Commentaire.*

LESAGE (Georges-Louis) est né le 9 janvier 1676,
à la Colombière proche de Couches en Bourgogne.
Après différens voyages en Allemagne, en Hollande
et en Angleterre, il vint se fixer à Genève où il se
maria, et où il fit ses plus chères délices de la philosophie et des mathématiques. Dans sa jeunesse, certaines circonstances plutôt que son inclination, l'a-
vaient engagé à l'étude de la théologie ; mais la
liberté avec laquelle il pensait sur les matières de
religion lui ayant attiré quelques tracasseries de la
part de ses professeurs, il se dégoûta de cette étude,
pour se livrer à la littérature. Il a laissé un grand
nombre d'écrits dont on peut voir la nomenclature
dans le *dict. des Aut. de Bourg.* Je n'en citerai ici
que quelques-uns dont le seul titre annonce l'importance des matières que Lesage se plaisait à traiter.
Ce sont 1°. *le Mécanisme de l'Esprit* , ou *la Morale*
naturelle dans ses sources ; 2°. *la Religion du Phi-*
losophe, ou *Sentimens raisonnables sur diverses ma-*
tières de religion et de morale; 3°. *court abrégé de*
Philosophie ; 4°. *Élémens de Mathématiques ;* 5°.
de l'Univers et de la disposition de ses parties ; 6°.
pensées sur la Grammaire , la Rhétorique et la
Poëtique.

Le génie doux et tranquille de Lesage l'a toujours
porté à chercher des moyens de concilier les différentes disputes de religion. La tolérance était le fond
de son caractère. Un autre Lesage, son parent, s'est
fait connaître à Dijon par son amour pour les lettres,
goût qui semble héréditaire dans cette famille.

LEROUX (Antoine), né à Dijon en 1730, et mort au mois d'octobre 1792, membre de plusieurs sociétés Académiques et de Médecine, tant en France qu'à l'étranger, sut unir à une profonde théorie l'adresse et la sureté dans les opérations ; nous lui devons plusieurs ouvrages très-intéressans, parmis lesquels on distingue une *méthode cueative de la rage*, que la Société Royale de Médecine couronna en 1783, et dont l'usage est devenu universel. Les Gens de l'art n'estiment pas moins son traité et ses observations sur la *perte extraordinaire* des femmes, ainsi que ses *remarques critiques sur l'ouvrage de M. l'abbé Fontana, concernant le poison de la Vipère ;* il y rétablit l'irritation nerveuse locale dans tous ses droits, et démontre en quoi elle consiste, par les expériences même de l'auteur qu'il critique. Il y joint diverses observations sur la *pustule maligne*, et un traitement plus méthodique que celui connu jusqu'alors.

Il a eu pour contemporain N....... Hénault, chirurgien infiniment habile, mort depuis peu d'années. Hénaux a joui pendant sa vie d'une réputation presque égale à celle d'Antoine Leroux ; mais les écrits que ce dernier a laissés, le feront vivre plus long-temps dans la mémoire des hommes.

CHAMILLY (Noël Bouton de), dont le buste est un de ceux qui décorent la Bibliothèque publique de Dijon, mourut à Paris en 1715, à 79 ans. Ses services lui valurent le bâton de Maréchal de France. Après la belle défense de Grâve, Louis XIV lui permit de lui demander une grâce. *Sire*, lui répondit Chamilly, *Je vous prie de m'accorder celle de mon Colonel qui est à la Bastille. --- Et qui peut être votre Colonel*, lui répartit le Roi avec surprise ? — *C'est M. de Briquemaut : j'ai eu autrefois une compagnie dans son régiment ; il m'a formé dans l'art de la guerre, et je ne pourrais, sans ingratitude, oublier ce service.*

Le Roi touché de la générosité de Chamilly, lui accorda ce qu'il demandait. Ses *Lettres d'amour* d'une Religieuse Portugaise, ont été réimprimées plusieurs fois. On ne les a même pas trouvées indignes d'être réunies à celles d'Abeillard et d'Héloïse.

MONTBEILLARD (Philibert Guenaud de), né en 1720, à Semur-en-Auxois, mort dans la même ville en 1785, passa une partie de sa jeunesse à Dijon, et vint ensuite à Paris où il se fit connaître par son goût pour les sciences. La continuation de la *Collection Académique*, recueil qui contient tout ce qu'il y a de plus intéressant dans les mémoires des différentes Académies de l'Europe, l'annonça avantageusement dans le monde littéraire. Le discours qui est à la tête, est bien pensé et bien écrit. Buffon, son ami, ayant besoin d'un associé dans son grand travail de l'Histoire Naturelle, lui proposa de se charger de continuer celle des Oiseaux. Montbeillard accepta ; mais il laissa paraître les premiers articles sous le nom de l'illustre naturaliste qui l'avait mis de moitié dans son travail. Il eut le plaisir de n'être pas reconnu, et ce fut Buffon qui le nomma au public dans une préface où il dit de lui, que c'est l'homme du monde dont la façon de voir, de juger et d'écrire, a le plus de rapport avec la sienne.

La partie des Oiseaux achevée, Montbeillard s'occupa des Insectes : matière sur laquelle il avait déjà fourni beaucoup d'articles à la *nouvelle Encyclopédie* ; mais la mort l'arrêta dans ses travaux. La sensibilité et la gaîté formaient son caractère ; il était ami tendre et zélé : *je suis bien aise de cesser de vivre,* disait-il aux parens et aux amis qui entouraient son lit, *vous n'aurez plus à souffrir de mes douleurs.*

Sa femme, versée dans les langues, et instruite de plusieurs sciences, épargnait à son époux une partie des recherches qu'il était obligé de faire, et jamais elle n'en a parlé.

Tabourot ou Taboureau (Etienne), plus connu sous le nom de sieur *des Accords*, procureur du Roi au baillage de Dijon, né en 1549, mort en 1590, s'est fait un nom par quelques ouvrages singuliers. Le plus connu est celui qui a pour titre : *Bigarures et Touches du Seigneur des Accords*, dont on a plusieurs éditions ; une entre autres avec les apophthègmes de *Goulard*, et les *Ecraignes Dijonnaises*. Je conviens que l'épithète que j'ai donnée dans mon poëme à Tabourot, est un peu hasardée ; il pouvait paraître savant à l'époque à laquelle il a écrit ; mais, au fait, on remarque dans ses ouvrages plus d'originalité que de véritable science. « Ce fut, dit Bayle, un homme d'esprit et d'érudition, mais qui donna trop de bagatelles. »

Dubois (Jean), sculpteur, né à Dijon en 1626, mort dans cette ville le 29 novembre 1694, a laissé un très-grand nombre d'ouvrages, tous marqués au coin du talent le plus distingué : je ne citerai que les plus connus. On a de lui à la Cathédrale les statues de *St.-Médard* et de *St.-Étienne*. Cette dernière est admirable par son beau mouvement et par l'expression de la tête. On y voit aussi les bustes des *douze Apôtres*, morceaux estimés, le mausolée de *Marguerite Valon*, *femme de Jacques de Mucie*, et celui d'*Élisabeth de la Mare*, chef-d'œuvres de grâce et de sentiment.

On doit encore au génie de Dubois, le *maître-hutel des Visitandines*, où sont représentées les figures de la visitation, placées actuellement à *Sainte-Anne*, et qui ont été réparées par M. Rude, sculpteur. Les Artistes et les Connaisseurs admirent sur-tout l'*Assomption de Notre-Dame* : c'est le chef-d'œuvre de Dubois. Cette grande et belle composition est remarquable par la figure grâcieuse et noble de *la Vierge*, par la science du dessin qui distingue *les Anges* adorateurs, et par *le bel ensemble* de l'ouvrage. On pourrait seulement reprocher à Dubois d'avoir un peu négligé les draperies qui manquent de vérité. Il a bien racheté cette négligence par les beaux ouvrages qu'il a exécutés pour l'abbaye de *la Ferté sur Dheune*, près Châlon-sur-Saône.

Je ne parlerai point ici de l'obélisque qu'il a fait élever à Plombières, ni de la superbe statue de Neptune que M. Gabet possède dans son jardin de Bessey, ni des bas-reliefs, des trophées et des autres morceaux de décorations que renferme la maison que Dubois a fait bâtir rue St.-Philibert, ni enfin de toutes les admirables sculptures dont il a embelli les églises et les châteaux qui environnent Dijon. Il serait trop long de détailler ici les ouvrages sortis du ciseau de cet habile et infatigable Artiste dont les productions ont attiré l'attention des plus grands maîtres, et particulièrement du célèbre Pigalle. En un mot, on peut dire, sans craindre d'être accusé d'exagération,

5

que Dubois doit être considéré comme un des premiers Sculpteurs de l'Ecole française. Il n'a vécu que 68 ans.

GAGNERAUX (Benigne), né à Dijon. Il dut au zèle et aux talens de M. Devosges, le développement de ses heureuses dispositions pour un art dans lequel il excella. Le desir de se former sur les grands maîtres le fit voler à Rome dès l'âge de dix-huit ans; là, dans une ville étrangère, sans connaissance, sans avoir encore des moyens assez grands pour percer à travers cette foule d'Artistes réunis de tous les coins de l'Europe, la misère, compagne, hélas! trop assidue des talens, le força de revenir en France. Il apprend en débarquant à Marseille, que le concours de peinture est ouvert; il se mêle parmi les concurrens, et remporte le prix. De retour dans sa patrie, l'établissement du prix de Rome offre une nouvelle carrière à ses talens; et son tableau de *Marcus-Curius Dentatus, refusant les présens des Samnites,* est couronné. Entretenu alors aux frais de la ci-devant province, il retourne en Italie; sous des auspices plus heureux, et à l'abri du besoin, il travaille d'après Raphaël. Malgré ses talens qui déjà pouvaient le faire marcher de pair avec les Peintres les plus distingués de l'Europe, il vivait encore dans l'oubli, lorsqu'une circonstance heureuse vint l'en tirer. Il entra un jour par hasard aux Chartreux (autrefois les bains de Dioclétien). Après avoir dessiné quelques monumens antiques, il aperçut dans cette maison une salle dont les murs étaient nouvellement enduits de plâtre. Il fit remarquer aux religieux qu'elle était susceptible d'une belle décoration à fresque. Ils lui répondirent en plaisantant, qu'ils ne pouvaient lui donner pour dessiner, que du charbon. Gagneraux conçut aussitôt le plan de son ouvrage, et en grand maître, il exécuta sur-le-champ des figures dont la beauté attira dans ce couvent un nombre prodigieux d'Amateurs. Tous les Artistes de Rome, tous les Grands de cette ville, le Pape, et le Roi de Suède qui se trouvait alors à Rome, vinrent admirer les beaux dessins de Gagneraux. La foule des curieux devint si considérable, qu'on fut obligé de placer une garde dans le couvent. Le Pape chargea Gagneraux de nombreux ouvrages pour le Vatican. Ce fut lui qui, par les ordres de Pie VI, peignit l'entrevue du St.-Père avec le Roi de Suède, dans une des salles du Musée de Rome. Le Monarque Suédois fut si enchanté de ce tableau, qu'il en demanda pour lui une seconde exécution, et cet ouvrage lui inspira tant d'estime pour son auteur, qu'il le nomma premier Peintre de la Cour de Suède.

C'est à Gagneraux que l'on doit les deux superbes *Batailles* qui décorent le Musée de Dijon, et dans lesquelles on ne cesse d'admirer la beauté des chevaux, la vigueur de l'exécution, et enfin tout ce qui constitue la perfection des tableaux de ce genre. Après l'assassinat de notre ambassadeur Basseville, il fut obligé de chercher son salut dans la fuite, heureux de rencontrer un asile dans la triste cabane de ces bergers qui, l'hiver, descendent dans la plaine; c'est là qu'un des premiers Peintres de l'Europe fut trouvé par son frère, devenu depuis long-temps son élève, presque sans vie, couché sur des peaux de boucs! Enfin la persécution ayant cessé, il rentra dans Rome pour donner de nouveau l'essor à son génie : mais obligé de fuir encore une ville ingrate qui s'honorait de ses talens, il se retira à Florence sous la protection du

Grand-Duc de Toscane, l'ami des Artistes français ; il ne fit que languir, dans cette ville, de la suite des maux que lui avait causés le fanatisme de la populace romaine, et il y est mort à l'âge de trente-neuf ans, le 18 août 1795, en mettant la dernière main à un tableau qu'il faisait pour le Grand-Duc.

On a de Gagneraux une suite d'études et de croquis gravés au trait ; cette collection est très-recherchée des Artistes et des Amateurs.

BRET (Antoine), né à Dijon en 1717, mort à Paris en 1792, à l'âge de 75 ans, mérita d'être distingué par ses poësies légères, ses comédies et autres productions littéraires. Tranquille, confiant, incapable d'envie, heureux du bonheur de ses amis, il a mené une vie douce au milieu d'eux. Ses poësies fugitives ont de la fraîcheur, ses pièces de théâtre sont écrites avec pureté, et le dialogue en est facile. On lui doit encore un commentaire sur les œuvres de Molière, et cet ouvrage est fort estimé. La critique en est douce et juste, et les observations fines et pleines de goût. Il a travaillé au Journal Encyclopédique ; et après l'abbé Aubert, la rédaction de la Gazette lui fut confiée.

QUENTIN, célébre Peintre, né à Dijon, a laissé un grand nombre d'ouvrages qui seront un monument éternel de son talent et de son bon goût. On voit de lui, à Saint-Michel, une belle *Annonciation*, et, au Musée, une *Circoncision*, une *Visitation* et une *Nativité*. Ce dernier tableau est placé dans la nouvelle salle du Musée. Ces divers ouvrages sont remarquables par une grande vérité dans l'expression des têtes, beaucoup de finesse dans le ton de couleur,

.de grands effets et une manière large tenant beaucoup de celle du *Caravage*. La *Communion* de Sainte
Catherine de Sienne, son chef-d'œuvre, a été vendue
avec le mobilier des Jacobines, après la banqueroute
de ces religieuses. Le Poussin, passant par Dijon,
fut frappé d'admiration en voyant ce tableau, et demanda si le Peintre demeurait à Dijon : on lui répondit qu'il y était domicilié : *Quentin n'entend pas
ses intérêts*, répartit le Poussin ; *que ne va-t-il en
Italie ? il y ferait fortune*. Cette réponse honorait
également ces deux habiles Artistes. Quentin mourut
à Dijon et fut enterré le 11 septembre 1636 à St.-
Nicolas, *sans monument*, disent les registres de cette
paroisse ; mais il n'en avait pas besoin : ses admirables tableaux lui en tiennent lieu, et le recommandent
assez au souvenir de la postérité. Notre compatriote
Greuze vient de descendre aussi sans pompe et sans éclat
dans la tombe ; mais les touchantes productions du
Peintre des Mœurs seront toujours là pour proclamer
sa gloire. Le plus beau mausolée de l'homme de génie,
ce sont ses propres ouvrages. Cela est vrai pour l'Artiste, comme pour le Poëte et le Guerrier : Praxitèle
revit dans sa Vénus, Homère dans son Iliade, Épa-
minondas dans ses *deux filles*, les batailles de
Leuctre et de Mantinée. (Voyez sur Quentin, la
Bibliot. des Auteurs de Bourg.)

LALLEMAND (Jean-Baptiste) né à Dijon vers l'an
1710, montra, dès sa plus tendre jeunesse, les
plus heureuses dispositions pour l'art dans lequel il
a excellé ; mais étant sans fortune et ne pouvant se
livrer aux études que cet art exigeait, il fut obligé
d'exercer la profession de tailleur d'habits, et de tra-

vailler avec son père. Ce genre d'occupation ne plaisait
guères au jeune Lallemand, et le peu de loisir qu'elle
lui laissait, était bien vite employé à manier le crayon
ou le pinceau. Il demanda à son père la permission d'aller travailler à Paris, de son métier de tailleur,
et son père la lui accorda. Un jour une personne,
en causant dans la boutique où il était alors, dit
qu'elle avait besoin de quelques tableaux pour décorer
sa maison : *Je me charge de vous les faire*, interrom-
pit le jeune Dijonnais, avec cette assurance que lui
donnait la conscience de sa capacité! L'étranger se
retourne, et laissant tomber ses regards sur l'*aiguille*
que tient Lallemand, il lui répond par un sourire.
Le jeune homme ne se déconcerte point; il insiste,
et il assure, en jetant son *aiguille* avec dépit, qu'il
sait aussi manier le pinceau. On l'écoute, on le regarde avec étonnement, et bientôt cet étonnement fait
place à la plus entière confiance; enfin notre Tailleur-
Peintre met la main à l'œuvre, et il exécute quatre
tableaux représentant les quatre saisons. Ce coup
d'essai, admiré et payé généreusement, fut pour
Lallemand le signal des progrès les plus rapides, et
le présage des succès qui lui étaient réservés. Il eut
bientôt acquis assez de réputation pour que les Connaisseurs voulussent avoir de ses ouvrages. Ayant amassé
quelque argent, il passa en Angleterre, où les personnes les plus distinguées se montrèrent jalouses de
posséder de ses productions; mais ne pouvant s'ac-
coutumer à la température de ce pays, il revint en
France, et après avoir passé quelque temps à Dijon, dans
le sein de sa famille, il partit pour l'Italie. Pendant
un séjour de plusieurs années à Rome, il consacra
son temps à composer un assez grand nombre de ta-

bleaux et à se perfectionner par l'étude des fabriques antiques et des chef-d'œuvres des grands maîtres ; il fit différens ouvrages pour le Vatican, et plusieurs Cardinaux, pleins d'estime pour ses talens, se disputèrent l'honneur d'occuper son pinceau.

Il voulut se marier, et considéré comme il l'était, il eût pu aspirer à quelque parti avantageux ; il préféra une Romaine qui pour toute fortune n'avait que de la beauté et des vertus. Il eut d'elle en Italie plusieurs enfans ; puis il repassa en France et alla se fixer à Paris où il fut reçu membre de l'Académie de St.-Luc. Les deux morceaux de peinture qu'il fit pour sa réception furent accueillis avec un satisfaction unanime. Il travailla pour le Duc d'Orléans ; ses ouvrages furent bien payés, et ils furent admirés par les Artistes et les Amateurs. Sa réputation s'étendit au loin, et les moines de St.-Martin près d'Autun lui demandèrent six grands tableaux pour décorer leur réfectoire : ce sont des *Paysages* héroïques et des *Marines*. Ces morceaux sont vraiment admirables, et il y en a deux sur-tout qui sont au-dessus de tout éloge. Du couvent de St.-Martin ils sont passés dans les mains de M. Aubert, qui en mourant les a laissés à sa fille, Mme. Souberbielle.

Lallemand a peint tous les genres ; mais c'est surtout dans les Paysages et dans les Marines qu'il a excellé. Les Connaisseurs ne balancent pas à mettre ses productions à côté de celles du célèbre *Vernet*, et cet Artiste lui-même rendait hommage aux talens de son rival. La plupart des ouvrages de Lallemand ont été gravés, et enrichissent les porte-feuilles des Connaisseurs. Le Musée de cette ville possède plusieurs ses productions. Cet habile et estimable Peintre est mort il y a quelques années.

LE MUET (Pierre), Architecte, né à Dijon en
1591, mort à Paris en 1669, était très-instruit dans
toutes les parties des mathématiques. Le Cardinal de
Richelieu l'employa particulièrement à construire des
fortifications dans plusieurs villes de Picardie. La
Reine-mère, *Anne d'Autriche*, le choisit ensuite pour
achever l'église du *Val-de-Grâce* à Paris. Il a donné
le plan du grand hôtel de *Luines*, et ceux des hôtels
de l'*Aigle* et de *Beauvilliers* : c'est encore sur ses
dessins qu'a été construit le magnifique château de
Tanlay en Bourgogne. Le Muet a laissé quelques ouvrages sur l'Architecture : 1°. *les cinq ordres d'Architecture dont se sont servis les anciens* ; 2°. *les
règles des cinq ordres d'Architecture de Vignoles* ; 3°.
la manière de bien bâtir. Les gens de l'art font un
très-grand cas de ces livres.

MARIOTTE (Edme), Bourguignon et Prieur de St.-
Martin-sous-Beaune, fut reçu à l'Académie des
Sciences en 1666, et mourut le 12 mai 1684, après
avoir mis au jour plusieurs écrits estimés, et qui le
furent beaucoup plus dans le siècle passé. Ce savant
avait un talent particulier pour les expériences. Il réi-
téra celles de Pascal sur la pesanteur, et fit des observations qui avaient échappé à ce vaste génie. Il enrichit
l'hydraulique d'une infinité de découvertes : c'est une
matière assez délicate qui demande beaucoup de sagacité dans l'esprit, et une grande dextérité dans
l'exécution. Ses ouvrages sont plus connus que l'histoire de sa vie. Celle d'un savant réduit à son cabinet,
à ses livres et à ses machines, ne fournit pas des
évènemens bien variés. On a de lui : 1°. *Traité du
choc des Corps* ; 2°. *Essai de Physique* ; 3°. *Traité*

du mouvement des Eaux ; 4°. *Nouvelles découvertes touchant la Vue* ; 5°. *Traité du Nivellement* ; 6°. *Traité du mouvement des Pendules* ; 7°. *Expériences sur les Couleurs.* On lui attribue un distique heureux sur les conquêtes de Louis XIV , que l'on a rendu ainsi en vers français :

Un seul jour a conquis la superbe Lorraine,
La Bourgogne te coûte à peine une semaine ,
Une lune en son cours, voit le Belge soumis......
Que promet donc l'année à tous tes ennemis !

Hugues AUBRIOT , Intendant des finances et Prévôt de Paris , sous Charles V , était natif de Dijon, où il exerça la charge de Bailli depuis 1360 jusqu'en 1367. Il décora Paris de plusieurs édifices, pour l'utilité et pour l'agrément. Il fit bâtir la Bastille en 1369 , pour servir de forteresse contre les Anglais, le Pont St.-Michel , le Petit Châtelet , les murs de la porte St.-Antoine , etc. etc. Aubriot fut la victime de son zèle pour l'ordre public. Ayant fait arrêter des écoliers insolens , l'Université , dont les privilèges étaient alors excessifs , se déchaîna contre lui ; et avec l'appui du Duc de Berri , elle lui fit faire son procès sous prétexte d'hérésie et le fit renfermer à la Bastille. Cette forteresse destinée à protéger l'indépendance nationale , servit à opprimer la liberté des citoyens , et celui qui l'avait fait construire , fut le premier qui y perdit la sienne. Des séditieux nommés *Maillotins ,* l'en tirèrent en 1381 , pour le mettre à leur tête ; mais Aubriot les ayant quitté dès le soir même , préféra sa patrie aux cabales. Il mourut l'an 1382 , en Bourgogne où il s'était retiré.

Beguillet, Avocat au Parlement de Dijon, premier Notaire des Etats de Bourgogne, et membre d'un très-grand nombre d'Académies, tant en France qu'en Italie et en Prusse, s'est fait connaître par divers écrits marqués au coin du bon goût, d'une vraie érudition, et sur-tout du louable desir d'être utile. On distingue parmi ses meilleurs ouvrages, 1° l'OE-NOLOGIE, ou *l'art de faire le Vin*; 2°. *Traité de la* Connaissance des Grains, *et de la mouture par économie*; 3°. Voyage *pittoresque de la France*; 4°. il a fait, conjointement avec notre savant compatriote *Courtépée*, *l'*histoire *du Duché de Bourgogne*. On doit encore à cet écrivain laborieux d'autres productions, parmi lesquelles on cite *une histoire de la guerre des deux Bourgognes;* mais n'ayant pu me procurer ces différens ouvrages, je ne puis en donner précisément le titre. Le défaut de renseignemens suffisans m'empêche également de consigner ici la date de sa naissance et de sa mort.

Cazotte (Jacques), né à Dijon, mort à Paris le 25 septembre 1792, à l'âge de 72 ans, a laissé quelques ouvrages en prose et en vers, fort estimés. Son poëme d'*Olivier* prouve dans l'auteur, de l'esprit, de l'imagination, de la gaîté, et une tournure originale. Il a couvert d'un voile agréable la morale qui fait le fond de la fiction. Trop de féerie, quelques longueurs, peu de liaisons entre les chants, un dénouement trop précipité en sont les défauts. On en est pleinement dédommagé par la diversité des peintures, la variété des caractères et la vivacité du coloris. On trouve encore dans le recueil de ses œuvres *le Diable amoueux* et le *Lord impromptu*, bagatelles ingénieuses, tissues avec assez d'art, et qui se font lire avec plaisir.

D'abord commissaire de la marine, puis maire à Piercy, près d'Epernay, il occupait cette dernière place à l'époque de la révolution. Loin de favoriser les changemens que l'on voulait faire dans la constitution de l'Etat, il s'en montra l'adversaire. Conduit à Paris au mois d'août 1792, il y fut jeté dans les prisons de l'Abbaye. Échappé aux affreux massacres de septembre par le dévouement héroïque de sa fille, il fut arrêté de nouveau quelques jours après. Ses correspondances avec l'Intendant de la liste civile Laporte, avaient été saisies et entraînèrent sa perte. Sa sentence fut prononoée par le Tribunal Criminel de la Seine, après vingt-sept heures de débats.

(15) LEGOUZ DE GERLAND (Benigne), ancien Grand Bailli de la noblesse du Dijonnais, Seigneur du Magny et de Gerland, né et mort à Dijon, un des Associés de l'Académie de cette ville, honora sa patrie, non-seulement par ses travaux littéraires, mais encore par les établissemens qu'il créa pour la propagation des sciences.

On cite parmi les meilleurs ouvrages de Legouz de Gerland, 1°. son *Histoire des premiers Rois de Bourgogne;* 2°. les *Antiquités de Dijon;* 3°. *Dissertation sur la Religion des Druides;* 4°. un *Voyage d'Italie;* 5°. des *Lettres sur les Anglais;* 6°. *Parallèle de César et d'Auguste;* 7°. *Histoire de Pompée.* On pourrait placer dans cette liste beaucoup d'autres écrits achevés ou commencés par Legouz de Gerland. Élevé au Collége de Clermont à Paris, et fixé depuis plusieurs années dans cette ville célèbre, ce fut là qu'il prit cet attachement pour les Sciences, les

Lettres et les Arts , qui le porta à les cultiver jusqu'au
dernier moment de sa vie , et lui fit acquérir un
fond de connaissances dont la variété et l'étendue
ont droit d'étonner. Il parlait le Latin avec élégance ,
l'Italien avec facilité , savait assez d'Anglais pour
se faire entendre , et le traduisait avec exactitude.
Les poëtes anciens et modernes lui étaient si familiers
que, dans l'âge même le plus avancé, il en réci-
tait des morceaux considérables. Il connaissait les
orateurs, avait lu avec fruit les historiens, et par
une étude suivie des métaphysiciens et des moralistes ,
s'était familiarisé avec les notions les plus abstraites ,
était parvenu à pénétrer tous les replis du cœur humain.
L'Antiquité n'avait point de ténèbres que Legouz de
Gerland ne fût en état de percer ; l'Histoire naturelle , la Physique, point de mystères où il ne fût
initié ; la Chimie, les Arts libéraux , point de procédés qu'il n'eût voulu connaître , qu'il n'eût même
appréciés par l'expérience. Une sensibilité exquise ,
un tact fin l'éclairant sur le mérite des productions
des arts , il en saisissait les beautés avec cet enthousiasme qui décèle le génie ; de là ce tendre intérêt
qu'il portait à tous les hommes qui avaient des talens
et des lumières , et ce goût vif qui l'entraînait vers
tous les établissemens utiles. Personne n'a plus fait
que lui pour la ville de Dijon. C'est lui qui a donné à
l'Académie de cette ville , un cabinet d'histoire naturelle , où l'on trouve en partie les productions du
règne animal et du règne minéral. Il ne lui restait plus qu'à procurer les moyens de s'instruire sur
le règne végétal. Il acheta un terrain à la Porte-Neuve ;
il le fit clore de murs , y fit construire les bâtimens

propres à l'exécution de son projet, et livra ensuite
ce terrain à l'Académie, pour en faire un Jardin
Botanique. Un de ses plus grands titres à notre
gratitude, est d'avoir contribué à la prospérité de
notre Académie de Dessin, Peinture et Sculpture,
en faisant graver pour cette école une très - belle
médaille sortie du burin de Monnier ; en fondant
pour les élèves différens prix d'encouragement, et
sur-tout en fixant à Dijon l'Artiste habile qui dirige
cette Ecole, féconde en élèves, dont plusieurs sont
comptés parmi les plus grands maîtres. Ainsi, quelque
recommandable que soit Legouz de Gerland comme
savant et comme littérateur, il l'est plus encore sous
le rapport de la bienfaisance ; peu d'hommes ont été
plus dévoués et plus utiles à leur patrie, et c'est sur-
tout comme protecteur des Lettres, des Sciences et
des Arts, que ce nouveau *Mécène* a droit aux respects
de ses concitoyens.

On dit d'un sublime orateur, c'est un *Bossuet*;
d'un critique éclairé, d'un littérateur profond, c'est
un *Saumaise*; d'un grand naturaliste, c'est un *Buffon*;
j'aime à croire, a écrit un de nos illustres Dijonnais,
que pour désigner un homme bienfaisant, un excellent
citoyen, on dira désormais : c'est un *Legouz*.

Un grand nombre de faits caractérisent d'une manière frappante la bonté de son cœur ; mais je me
bornerai à citer le trait suivant : Un *tic douloureux*
le tourmentait depuis près de trente ans, et avait
rendu inutiles toutes les ressources de l'art. Il apprend
qu'une opération pratiquée sur un malade attaqué
comme lui, d'un tic douloureux, avait été suivie du
plus heureux succès; il mande celui qui avait fait

cette opération , et se met entre ses mains. Tout
paraît dans le premier moment répondre à son attente.
Le chirurgien est récompensé avec magnificence ; il
part ; mais douze heures après, le renouvellement des
douleurs détruit l'illusion flatteuse d'un succès appa-
rent. Quel moment pour un homme qui s'était livré
à une opération très-douloureuse, qui avait cherché
à grands frais un soulagement à des maux cruels
dont il voit que la source n'est point tarie ! Voici
l'impression que fait sur Legouz de Gerland un
évènement aussi fâcheux : *ma douleur revient*, dit-il
tranquillement aux amis qui l'entouraient, *je suis
charmé que ce Chirurgien soit parti, cela lui aurait
fait bien de la peine.*

On doit à l'éloquence et à la sensibilité de Maret
un excellent éloge de Legouz de Gerland , lu à
l'Académie de Dijon, dans la séance publique de
l'an 1774. C'est là que sont établis les droits de notre
respectable compatriote à la vénération et à la reconnaissance publiques. La Muse de M. Baillot a, dans
la même séance, jeté des fleurs sur la tombe de ce
généreux Savant. Ces stances, très-bien faites, se
trouvent à la suite de l'éloge , en tête duquel on voit
le portrait de Legouz de Gerland, gravé par de Marce-
nay, d'Arnay-sur-Arroux, d'après le dessin de M.
Devosges. Cet éloge est enrichi d'un beau frontispice
représentant deux Génies qui se disputent des couronnes, gravé par Monnier , aussi d'après le dessin
de M. Devosges.

Les restes de Legouz de Gerland avaient été d'a-
bord déposés à la Madeleine, avec cette simple mais
honorable inscription :

BENIGNE LEGOUZ DE GERLAND,
BIENFAITEUR DE SA PATRIE,
NÉ A DIJON
LE XVII SEPTEMBRE M. DC. LXXXXV,
Y EST MORT
LE XVII MARS M. DCC. LXXIV.

C'est dans le Jardin Botanique que reposent maintenant les cendres de ce savant et généreux citoyen. Elles y furent transférées avec solennité le 30 prairial an 8.

(15 *bis*) Jean BANNELIER, Avocat au Parlement et professeur en droit à l'Université de Dijon, naquit et mourut dans cette ville, où il jouit encore d'une réputation méritée.

Les Instituts de Davot, commentés par Bannelier, étaient regardés comme le manuel du Palais. Cet illustre Jurisconsulte n'avait pas borné ses études à celles du droit : les belles-lettres et la littérature occupèrent aussi ses loisirs ; mais ce qui le distinguait particulièrement, c'était la douceur de ses mœurs, une affabilité et une bonhomie qui semblaient ajouter un nouveau prix à son savoir.

(16) ATTIRET (François), est mort à Dôle, sa patrie, où quelques ouvrages l'avaient rappelé, le 25 messidor an 12, à l'âge de 80 ans. Il était le meilleur Sculpteur de la ci-devant Bourgogne : tous ses travaux sont remarquables par un grand caractère et une exécution savante. Il avait remporté unprix à l'Académie Royale à Paris, et son talent avait aussi été couronné à Rome. Il avait été Professeur à l'Académie de St.-Luc, à Paris, et fut ensuite nommé adjoint du

Directeur. Quelque temps après la suppression de cet
établissement, il vint se fixer à Dijon, où l'appela
M. Legouz de Gerland. Ce fut lui qui fit l'ébauche
de la fameuse statue de Voltaire, qui était au foyer
de la Comédie Française, et que termina M. Pigalle.
Nous avions de lui, dans cette ville, six statues de
composition, représentant les quatre Saisons, et Melpomène et Thalie ; elles ornaient le péristile de Mont-
Musard, où il avait aussi sculpté dans l'intérieur
douze beaux bas-reliefs d'après les dessins de M.
Devosges. Il avait fait à la Ste.-Chapelle l'*Assomption de la Vierge*. Il nous reste de cet Artiste le bas-
relief du maître-autel de cette église, transféré depuis
à la cathédrale, représentant les *douze Apôtres autour du tombeau de Marie*. On lui doit les deux statues de *St.-Jean l'Évangéliste et de St.-André*, qui
décorent cette Église, le *buste de M. Devosges*,
exposé dans la salle de l'École, et des sujets d'in-
vention qui montrent le génie de leur auteur. La
Bibliothèque et l'Académie ont de lui plusieurs
bustes des Grands-Hommes de Dijon ; tous ceux de
la Bibliothèque sont sortis de son ciseau, à l'excep-
tion de ceux de Legouz de Gerland et de l'immortel auteur de la *Métromanie*, qui sont de *Caffieri*.
M. Attirot a beaucoup fait pour la gloire, et ses ouvrages seront toujours autant appréciés des gens de
goût, que le souvenir de ses mœurs douces, de son
austère probité, de sa philosophie, sera cher à ses
parens et à ses nombreux amis.

(*Extrait du Journal de la Côte-d'Or.*)

(17) Monnier (Louis-Gabriel) fils d'Antoine Monnier, Secrétaire de l'Officialité de Besançon, est né dans
cette ville le 11 octobre 1733. Il apprit les premiers

élémens de la gravure sous M. Durand, Graveur de la Monnaie, à Dijon. Après un séjour de quelques mois à Paris, il vint se fixer en cette ville, où ses talens ne tardèrent pas à le faire connaître. L'Administration de la Bourgogne lui confia les grands ouvrages topographiques de cette province. Son burin fut employé à décorer les œuvres des Savans et des Littérateurs nombreux que ce pays a produits; tous les Artistes, les Amateurs et les particuliers recherchent avec empressement les estampes, les médailles et les cachets sortis de ses mains.

Ses plus beaux ouvrages dans la gravure en taille-douce, sont la Carte Botanique de la Bourgogne, dont le beau frontispice, représentant Zéphire caressant Flore, a été exécuté sur les dessins de M. Devosges, professeur de l'Ecole de Peinture et Sculpture de Dijon;

La Carte de la Bourgogne, en trois feuilles, d'après les dessins de M. Pourcher, Sous-Ingénieur de la province; celle des chaînes de Montagnes et des Canaux de la France, d'après le même;

Les vignettes du quatrième volume de l'histoire de Bourgogne, par Dom Planchet, gravées sur les dessins de *Mariller*;

Les bustes antiques et les médailles des œuvres de Salluste, traduites par M. *Debrosses*;

Les antiquités de Dijon, publiées par M. Legouz de Gerland;

Le beau frontispice des Mémoires de l'Académie de Dijon, dessiné par M. Devosges. Ce dernier ouvrage est remarquable par sa vigueur; il n'est pas gravé dans la manière molle qu'on peut reprocher aux estampes de ce genre : c'est un chef-d'œuvre au *pointillé*.

Dans la gravure en creux, M. Monnier a fait la médaille de l'Académie de Dessin, Peinture et Sculpture de Dijon, représentant une figure de Minerve couronnant les chef-d'œuvres des arts, et au revers, le profil de la ville de Dijon ;

Le jeton de la Miséricorde, portant une figure de la Charité, avec deux petits enfans ;

La médaille des Arquebusiers de Besançon, où l'on voit le siège de cette ville gravé, et sur le devant, Louis XIV à cheval ;

Le sceau de la Préfecture de Paris ;

Celui de la Préfecture de la Côte-d'Or ;

Celui de l'Académie de Dijon ;

La figure de Justice pour les sceaux du Notariat.

Parmi ses nombreux cachets, on doit citer celui de M. de Brou, Intendant de Bourgogne, ayant pour support une belle figure d'Hercule ;

Un cachet sur lequel est gravé un petit cheval, modèle de grâce et de légèreté.

Outre ces ouvrages principaux, M. Monnier a produit une quantité considérable d'estampes, de vignettes en taille-douce, dans la manière du bois, et dans celle du lavis dont il a inventé les procédés peu différens de ceux de Charpentier, et dans le même temps que ce graveur les mettait en pratique à Paris.

Ces cachets répandus par-tout, sont recherchés et admirés par les graveurs de Paris, pour la vérité des figures et des animaux, pour la grâce et la beauté des ornemens et des fleurs qui les décorent.

Les médailles et les sceaux qu'il a gravés, ne représentent pas des figures isolées sur des fonds unis, comme dans presque tous les ouvrages de ce genre : les figures y sont placées sur des fonds d'architecture et accompagnées d'accessoires qui rendent l'effet des bas-reliefs. Le nu y est correctement et savamment exprimé ; les têtes et les extrémités toutes gravées dans le creux , ont la perfection qu'on pourrait desirer dans de grandes statues.

Il peut paraître inconcevable qu'un homme loin de la capitale, privé de la fréquentation des Artistes, de la vue et de l'étude des chef-d'œuvres qui , dans cette ville , forment, entretiennent et perfectionnent le goût , soit parvenu à un si haut point de talent, et se soit montré dans tous les genres l'égal des graveurs de Paris, et leur maître dans la gravure des médailles.

Quand on considère, en effet que la gravure en taille-douce forme un genre particulier qui lui-même a ses divisions ; que la gravure en creux, celle dans la manière du bois , et les différentes variétés de procédés que cet art peut offrir, exigent des études journalières et exclusives ; que l'Artiste qui embrasse une de ces parties , n'en est jamais détourné par d'autres ouvrages ; on doit être étonné qu'un seul homme ait pu, comme M. Monnier, toutes les embrasser, et produire tant de chef-d'œuvres différens.

Ce Phénomène dont la ville de Dijon peut se glorifier , est dû à l'heureuse influence que M. Devosges a toujours exercée sur tout ce qui tient aux beaux-arts dans ce pays, et à la direction savante que son génie , ses talens et son zèle ont su leur donner. C'est lui qui a guidé M. Monnier dans l'étude des bons modèles. L'ancienne et honorable amitié qui unissait ces deux Artistes , est devenue pour M. Monnier la source des belles compositions que l'on remarque dans ses ouvrages, de ce goût de dessin pur et correct, de ce beau choix d'ornemens qui les distinguent.

Dans le temps que les arts se ressentaient encore de la dépravation de *Boucher*, l'école de Dijon devançant *la renaissance*, avait constamment suivi sous la direction de son fondateur, les principes puisés dans l'étude de l'antique et des grands maîtres. M. Monnier élevé pour ainsi dire à côté de son ami dans la méditation et la pratique des belles choses, a dû, quoiqu'éloigné de Paris, se trouver à Dijon, dans une position plus favorable au développement de ses talens, quoique moins avantageuse à sa réputation et à sa fortune.

Cet Artiste n'était pas recommandable seulement sous le rapport de l'art : sa conversation, simple comme ses mœurs, avaitce charme qui accompagne toujours la bonhomie, cet intérêt qu'inspire la réunion des talens, des qualités et des vertus. Modeste comme le sont ordinairement tous les hommes supérieurs, il souriait d'étonnement toutes les fois qu'il entendait vanter ses ouvrages ; souvent il en laissait déterminer le prix, et ne croyant pas valoir plus qu'un autre, il le refusait lorsqu'il lui paraissait trop considérable.

Sa gaieté douce et franche, son esprit qui s'exerçait quelquefois sur les choses et sur les hommes en général, n'offensèrent jamais personne : respecté, chéri de tout le monde, il sut borner ses affections ; il eut peu d'amis, mais n'eut point d'ennemis. Dans un âge très-avancé, il conserva toujours la même gaieté, la même force de talens ; sa vie entière fut consacrée à honorer les arts, à cultiver l'amitié, à pratiquer la bienfaisance.

Il mourut le 8 ventôse an 12. Son éloge a été prononcé à l'Académie des Sciences, Arts et Belles-Lettres de cette ville, dans la séance publique de l'an 13. Il était membre de cette savante Compagnie.

(18) Charles De Brosses, Premier Président du Parlement de Bourgogne, membre de l'Académie de Dijon sa patrie, associé libre de l'Académie des Inscriptions et Belles-Lettres, naquit en 1709, et mourut à Paris, le 7 mai 1777. Voltaire qui avait eu des affaires d'intérêt avec Debrosses, a tracé de lui un portrait suggéré par la haine ; mais le sage de Montbard a su lui rendre plus de justice. « C'était, » dit Buffon, un de ces hommes qui peuvent, sui- » vant les circonstances, devenir les premiers des » hommes en tout genre, et qui, également capables » de comparer des idées, de les généraliser, d'en » former de nouvelles combinaisons, manifestent leur » génie par des productions nouvelles, toujours dif- » férentes de celles des autres, et souvent plus » parfaites. »

Dans la révolution des Parlemens en 1771, il se consola de son inaction en achevant son Salluste qu'il avait entrepris de suppléer et de traduire. Il joignit de bonne heure les travaux littéraires aux fatigues de la magistrature, et ses études étendirent ses connaissances et fortifièrent sa raison. On a de lui, 1°. *Lettres sur la découverte de la ville d'Herculanum;* 2°. *Histoire des Navigations aux Terres Australes;* 3°. *Du Culte des Dieux Fétiches, ou parrallèle de l'ancienne Idolâtrie avec celle des Peuples de la Nigritie,* brochure attribuée faussement à Voltaire ; 4°. *Traité de la formation mécanique des Langues,* ouvrage plein de sagacité et d'idées philosophiques sur l'origine et les principes du langage ; 5°. *Histoire de la*

République Romaine dans le cours du 7ᵉ. siècle, par
Salluste, en partie traduite du latin sur l'original,
en partie rétablie et composée sur les fragmens qui
sont restés de ses livres perdus. On y trouve une profonde connaissance de l'histoire, des écrivains et des
mœurs de Rome, et le style de cet ouvrage est en
général élégant et facile ; 6°. divers *Mémoires* dans
ceux de l'Académie des Belles-Lettres de Paris
et de Dijon, écrits dignes de la réputation de leur
auteur.

(19) SAUMAISE (Cl.) naquit à Semur-en-Auxois, l'an
1588. Sa patrie fut brûlée et presque réduite en cendres
la même année qu'il vit le jour. « Cet incendie, dit
» un de ses froids panégyristes, fut un présage de
» ses vastes lumières, de même que l'incendie du
» Temple d'Éphèse l'avait été du courage d'Alexandre. »
Saumaise fut le héros des littérateurs de son siècle ;
il a beaucoup moins de réputation dans le nôtre.
Son érudition était immense, mais elle était mal
digérée : il avait l'esprit très-vif, et composait
avec beaucoup de rapidité. Lorsqu'on lui conseillait
de travailler ses productions avec plus de soin, il répondait « qu'il jetait de l'encre sur le papier, aux
» heures que les autres jetaient des dés ou une carte
» sur une table, et qu'il ne faisait cela que comme
» un jeu. »
Ses opinions religieuses l'ayant empêché d'occuper
la charge de Lieutenant-Particulier au baillage de Semur, que voulait lui résigner son père, il se retira à
Leyde où il fut professeur honoraire après *Scaliger*.
Le Cardinal de *Richelieu* lui offrit une pension de
douze mille livres pour le fixer en France ; mais
Saumaise, ayant su que c'était à condition qu'il tra-

vaillerait à l'histoire de ce Ministre, répondit *qu'il n'était pas homme à sacrifier sa plume à la flatterie.* Ce trait prouve que Saumaise avait de l'élévation dans l'ame, et sa femme, qui d'ailleurs était une méchante femme, se glorifiait d'avoir épousé *le plus savant de tous les nobles, et le plus noble de tous les savans.*

On le regarde généralement comme un critique bizarre, aigre et présomptueux; mais quoiqu'il écrivît avec beaucoup d'emportement et d'orgueil, il était doux et modeste avec ses amis. Ses affaires domestiques ne le dérangeaient point : il composait tranquillement dans le tumulte de son ménage, au milieu de ses enfans et à côté de sa femme qui était une autre Xantippe, d'autres ont dit une véritable *mégère.* Cette femme le tourmentait sans cesse et le maîtrisait entièrement : aussi la Reine *Christine* disait-elle de lui qu'elle admirait moins son érudition que sa patience. Cette princesse l'appelait en Suède depuis long-temps, et il s'y rendit en 1650. Après un séjour d'un an, il revint en Hollande, et mourut aux eaux de Spa, le 3 septembre 1653. On peut voir la liste de ses nombreux ouvrages dans la Bibliotèque des Auteurs de Bourgogne.

LEBEAU, célèbre Peintre Bourguignon, s'est fait admirer par les différentes productions qui sont sorties de son pinceau. Il se plaisait à traiter des sujets pieux. On voit avec plaisir au Musée de cette ville, les têtes des *quatre Evangélistes*, un *Ange gardien*, et sur-tout un grand tableau qui représente *Saint-Luc peignant la Vierge.* Lebeau n'aurait laissé que ce seul ouvrage, qu'il aurait suffi pour l'immortaliser. Ce tableau se fait remarquer par une belle ordonnance, un dessin correct, un coloris aussi vrai qu'harmonieux. Les nus sont d'un grand style; les draperies parfaitement bien jetées, les plans bien entendus, et la touche tout-à-la fois ferme et gracieuse; en un mot, l'on trouve dans l'ensemble et les détails de ce tableau, la réunion de toutes les qualités qui constituent un excellent ouvrage. Il y a quelques jours, un artiste de cette ville s'occupait à le considérer: déjà une demi-heure s'était écoulée, et il ne s'en était point aperçu; il découvrait toujours dans ce chef-d'œuvre quelques beautés nouvelles, et il ne se lassait point d'admirer; tantôt c'était *Saint-Luc* qui captivait son attention, et tantôt c'était l'Ange *Gabriel;* puis il offrait son hommage à la Vierge, puis encore aux charmans petits Chérubins. Son plaisir allait toujours en croissant, et il ne pouvait s'arracher de devant ce tableau. Cependant l'heure de se retirer est sonnée, il ne reste plus que lui dans la salle, et le Concierge vient l'en avertir. *Que cela est beau* répondit l'artiste fortement préoccupé, et il demeurait toujours. --- M., tout le monde est parti, et je vais vous enfermer dans la salle.---*Cela est céleste*, repartit le jeune homme, les regards toujours attachés sur le tableau, et il ne bougeait pas. Il serait peut-être encore dans la même place, à admirer St.-Luc, la Vierge, l'Ange et les petits Chérubins, si le Concierge ne l'eût pris par le bras et ne l'eût invité poliment à le suivre.

SAMBIN (Hugues) né à Dijon, était élève de Michel-Ange. Vers l'an 1551, il construisit dans le soubassement du portail de Saint-Michel de Dijon, la voûte du milieu et celle du côté du midi.

Ces voûtes aussi remarquables par la beauté de leur
architecture que par les sculptures qui les décorent,
sont composées d'arceaux divisés en caissons qui
renferment chacun une figure d'ange, exécutée en
ronde bosse. Ces différens morceaux de sculpture sont
admirés pour leur correction et leur élégance. Les
draperies y sont traitées avec une grande vérité, et
il est inconcevable que, dans une si grande quantité
de figures, l'artiste ait pu se faire distinguer encore
par la variété des attitudes et des mouvemens.

Le fond de la grande arcade est décoré par un
superbe bas-relief représentant le jugement dernier.
M. Devosges, professeur de l'Ecole de Dessin, Peinture et Sculpture, de Dijon, a sauvé ce morceau
en le faisant enlever et placer avec les autres chef-
d'œuvres des Arts dans un dépôt de conservation. Il
a été ensuite remis en place, et la réparation en a
été confiée aux talens de M. Bornier, sculpteur.

Ce bas-relief d'environ 39 decimètres 275 milli-
mètres de longueur, sur autant de largeur, contient
environ 40 figures, dont celles du premier plan ont
plus de 9 décimètres de hauteur ; il porte plus qu'aucun
autre ouvrage de Sambin, l'empreinte du style fier
et sévère de Michel-Ange. Ce chef-d'œuvre de Sambin
est en tout digne de son maître.

Cet Artiste, Sculpteur, Architecte et Ingénieur, ré-
unissait encore aux talens qu'exigent ces professions,
celui d'exprimer ses idées avec méthode et clarté.
Il est l'auteur *de la diversité des Thermes en Architecture*. Cet ouvrage est orné d'environ 36 Estampes
gravées en bois sur ses dessins, et représentant 72
gaînes surmontées de différentes figures, et formant
une belle collection de caryathides.

RAMEAU (Jean-Philippe) naquit à Dijon le 25 septembre 1683, de Jean Rameau, organiste, et de Claudine Demartinécourt. La musique fut la première langue qu'il entendit et qu'il parla. Il pouvait à peine remuer les doigts qu'il les promenait déjà sur le clavier d'une épinette. Il commença le cercle des classes dans lequel on circonscrit la première éducation des jeunes-gens ; mais l'impétuosité de son génie ne lui permit pas de l'achever, et l'étude des Belles-Lettres fut sacrifiée à celle de la Musique vers laquelle son penchant l'entraînait. Rameau était de ces hommes qui n'ont point de volontés faibles, et qui sont capables des résolutions les plus fortes. Sa dissipation et ses voyages ne lui avaient pas permis d'épurer son langage : une femme qu'il aimait lui en fit des reproches ; il se mit aussitôt à étudier sa langue par principes, et il y réussit au point de parvenir en peu de temps à parler et à écrire correctement.

La nature qui l'avait choisi pour lui révéler ses secrets, et pour en faire, si l'on peut s'exprimer ainsi, le *Newton* de l'Harmonie, ne s'était pas contentée de lui donner une oreille délicate et des doigts agiles ; elle l'avait doué d'une ame vigoureuse, capable des réflexions les plus profondes et du travail le plus opiniâtre lorsqu'il s'agissait de découvrir la vérité. Aussi grand philosophe qu'habile musicien, Rameau était né pour être inscrit dans les fastes de la Nation. L'honneur de percer le voile qui nous dérobait la connaissance des véritables principes de la Musique lui était réservé : la nature l'avait choisi pour nous faire connaître le vrai genre, le genre qu'elle avouait elle-même, et cédant à l'impulsion de son génie, il devint, sans en avoir conçu le projet, le réformateur et le législateur

de la Musique. Il en perfectionna la théorie , et fit voir
à la France étonnée jusqu'à quel point on pouvait en
porter la pratique. « Aux yeux du commun des hom-
» mes , disait-il , la musique est un art frivole ; mais à
» ceux des personnes éclairées , elle est une science
» fondée principalement sur les rapports des nombres
» et qui , en enseignant à flatter l'oreille , fournit à la
» raison de quoi s'exercer ».

Aussi la théorie de la Musique a-t-elle toujours été ,
depuis Pythagore , l'objet des méditations des philo-
sophes.

Avant Rameau , les plus riches productions musi-
cales étaient presque toujours l'ouvrage de l'instinct ,
le goût était la seule boussole des plus grands maîtres ;
ils voguaient , pour ainsi dire , au gré du caprice :
mais Rameau ne tarda pas à connaître le vice de cette
méthode. Il savait que l'usage ne rassurait point contre
les revers de la mode , il avait compris que le génie ne
suppléait pas à la science ; que la Musique avait des
règles certaines ; qu'elles devaient être tirées d'un prin-
cipe évident ; que sans le secours des mathématiques ,
il fallait renoncer à l'espérance de connaître ce prin-
cipe ; et sans être arrêté par la difficulté de l'entreprise ,
il eut le courage d'étudier les mathématiques. Le
premier fruit que Rameau retira de cette étude fut la
découverte de la véritable progression harmonique. Elle
le conduisit à reconnaître avec Kircher que l'harmonie
parfaite était renfermée dans les six premiers nombres.
Ce fut alors qu'il s'aperçut de l'identité des octaves ;
identité qui , en multipliant les combinaisons des sons ,
donnait toute la variété qui constitue la Musique.

Sous sa main , les accords se réduisirent à deux , l'un
consonnant et l'autre dissonant. La suite des sons

fondamentaux de ces accords lui donna la basse fonda-
mentale : basse dont l'importance suffirait seule pour
éterniser la mémoire de celui qui l'a reconnue le premier : elle est en effet la pierre de touche de l'harmonie et la boussole qui dirige le Musicien dans la composition et dans l'accompagnement.

Malgré les efforts des plus grands maîtres, la musique française n'était goûtée qu'en France, et l'italienne triomphait par toute l'Europe, lorsque Rameau,
par l'exécution la plus brillante, par la composition
la plus belle et la plus savante, vint opérer une révolution imprévue, qui fit partager à notre Musique
l'empire que possédait sa rivale.

Lulli avait accoutumé nos oreilles aux sons les plus
doux, aux intonnations les plus faciles : content d'in-
téresser le cœur, il n'avait que rarement cherché à
captiver tous nos sens par l'harmonie : il s'était
principalement attaché à la mélodie que le goût et
le sentiment lui inspiraient, et quoique ce grand
Musicien n'eût pas saisi tout ce qui caractérisait le
goût naturel, le Français, né sensible, toujours
entraîné par le mouvement de son cœur, n'avait pas
cru qu'il pût y avoir d'autres beautés que celles qui
brillaient dans les œuvres de ce créateur de la Musique
Française. Le goût qui régnait dans ses opéra paraissait
au public le bon goût par excellence. Tous les ouvrages de musique n'étaient appréciés que par les
rapports qu'ils avaient avec ceux de Lulli. Rameau
fit entendre, pour la première fois, des airs dont
l'accompagement augmentait l'expression, des accords
surprenans, des innovations qu'on avait cru imprati-
cables, des chœurs, des symphonies dont les parties
différentes, quoique très-nombreuses, se mêlaient

de façon à ne former qu'un tout. Les mouvemens étaient combinés avec un art inconnu jusqu'alors, appliqués aux différentes passions avec une justesse qui produisait les effets les plus merveilleux. Ce n'était plus au cœur seul que la Musique parlait: les sens étaient émus, et l'harmonie enlevait les spectateurs eux-mêmes, sans leur laisser le temps de réfléchir sur la cause des espèces de prodiges qu'elle opérait.

Lulli avait charmé, avait séduit; Rameau étonnait, subjuguait, transportait. Toujours nouveau, toujours varié et se rendant de plus en plus naturel, tantôt par les sons les plus flattés et les plus doux, il arrachait des larmes; tantôt jouant avec les Grâces ou badinant avec la marotte de Momus, il plaçait sur le théâtre les tableaux les plus rians, les plus agréables; enfin, Rameau sut tour à tour faire gémir Melpomène et répandre l'enjouement sur les pas de Therpsicore et de Thalie.

Son premier opéra fut *Hippolyte et Aricie*, qu'il donna en 1733. A la première représentation de cette pièce, le prince de *Conti* demanda à *Campra* ce qu'il en pensait? Ce Musicien répondit : *Monseigneur, il y a assez de musique dans cet opéra pour en faire dix.* Dans une autre occasion, le même Musicien s'était écrié : *Voilà un homme qui nous éclipsera tous.* Plus Rameau acquérait de gloire, plus ses ennemis montraient d'acharnement à décrier ses ouvrages et même sa personne. Le succès de l'opéra de *Castor et Pollux* fit sur *Mouret* un effet singulier. La jalousie de ce Musicien, qui cependant avait beaucoup de mérite, parvint à son comble et lui fit perdre la tête, au point qu'on fut obligé de l'enfermer à Charenton, où, dans ses accès de folie, il chantait continuelle-

ment le beau chœur des démons du quatrième acte :
Qu'au feu du tonnère, le feu des enfers déclare la Guerre, etc.

Le public de Paris rendit un jour une justice écla-
tante aux talens de Rameau : c'était à une représentation de *Dardanus*. On l'aperçut à l'amphithéâtre :
on se tourna de son côté et on battit des mains
pendant un quart d'heure. Après l'opéra, les applau-
dissemens le suivirent jusque sur l'escalier. Rameau
évitait autant qu'il le pouvait les regards du public :
il fuyait les complimens, parce que, disait-il à un
de ses amis, les complimens *m'embarrassent, et je
ne sais qu'y répondre.* Il était moins embarrassé lorsqu'il essuyait des critiques. Il lui échappa un jour un
anachronisme devant des Gens-de-Lettres qui étaient
chez lui. Il s'aperçut qu'on souriait. Il se lève avec
vivacité, et court à son clavecin où ses doigts, secondant cette inspiration subite, trouvèrent bientôt des
sons admirables. Alors, se tournant vers ceux qui
avaient souri : *avouez*, leur dit-il, *Messieurs, qu'il
est plus beau de trouver de tels accords que de
savoir précisément dans quelle année* MÉROVÉE *ou*
MÉROVITE *est mort. Vous savez et je crée. Le Génie
vaut bien, je crois, l'érudition.......* » RAMEAU était
d'une taille fort au-dessus de la médiocre, mais d'une
maigreur singulière. Les traits de son visage étaient
grands, bien prononcés, et annonçaient la fermeté
de son caractère. Ses yeux étincelaient du feu dont
son ame était embrâsée. Si ce feu paraissait quelquefois assoupi, il se ranimait à la plus légère occasion;
et *Rameau* portait dans la société le même enthousiasme qui lui faisait enfanter tant de morceaux
sublimes. Le grand *Corneille* était naturellement
mélancolique ; il avait l'humeur brusque et quelque-

fois dure en apparence ; il avait l'ame fière et indé-
pendante : nulle souplesse, nul manège. En substi-
tuant au nom de *Corneille* celui de *Rameau*, on
aura le véritable portrait de ce célèbre musicien.

Rameau était désigné pour être décoré de l'Ordre
de St.-Michel, lorsqu'il mourut le 12 septembre de
la même année 1764. On prétend que tout ce que
son curé put tirer de lui dans ses derniers momens,
furent ces mots-ci : *que diable venez-vous me chanter,*
M. le Curé ? vous avez la voix fausse. Il fut inhumé
le lendemain à Saint-Eustache où est le tombeau du
célèbre Lulli. L'Académie Royale de Musique lui
fit faire un service où les plus beaux morceaux de
Castor et de *Dardanus* furent adaptés à la musique
des prières chantées dans cette occasion. Ainsi les
disciples de Raphaël firent placer vis-à-vis le cercueil
de ce grand Peintre, son fameux tableau de la *Trans-*
figuration.

(23) CREBILLON (Prosper Jolyot de) est né à Dijon,
de Melchior Jolyot, greffier en chef de la chambre des
Comptes de Bourgogne et de Henriette Gagnard. Il
étudia au collège Mazarin, fit son droit et fut reçu
avocat. Il se mit à Paris chez un procureur pour s'y
former à l'étude du barreau ; mais l'impétuosité de
sa jeunesse fut un obstacle à ses succès. *Prieur*, c'é-
tait le nom de son procureur, lui voyant une répu-
gnance naturelle pour la chicane, lui proposa de
travailler pour le théâtre. Le jeune Crébillon donna
Idoménée et ensuite *Atrée*. Prieur, attaqué d'une
maladie mortelle, s'était fait porter à la première
représentation de cette dernière pièce ; il dit à l'auteur
en l'embrassant : *je meurs content, je vous ai fait*

poëte , et je laisse un homme à la Nation. Il fut nommé
en 1731 à l'Académie Française. Son discours de réception fut en vers , chose jusqu'alors inusitée. Lorsqu'il récita celui-ci :

Aucun fiel n'a jamais empoisonné ma plume ,

tous les spectateurs applaudirent avec transport en re-
connaissant cette vérité. Il obtint de plus grandes ré-
compenses sur la fin de sa carrière qui a été longue.
Son tempérament était extrêmement robuste , et s'il
l'eût ménagé , ses jours se seraient étendus plus loin.
Sa manière de vivre était assez singulière : il dormait
peu et couchait presque sur la dure , non par mor-
tification , mais par goût. Toujours entouré d'une
trentaine de chiens et de chats , il avait fait de son
appartement une espèce de ménagerie. Quand on lui
demandait le motif qui l'avait déterminé à la solitude et à la société des animaux, il répondait : *c'est
que je connais les hommes.* S'il était malade, il se
gouvernait à sa fantaisie , ne voulant observer aucun
régime , et se mocquant des médecins et des remèdes.
Il est mort des suites d'un érésypèle , à l'âge de
88 ans. Il aimait la solitude, et là , à l'abri de toute
distraction , il imaginait des plans de romans et les
composait ensuite de tête sans rien écrire. Un jour
qu'il était fortement occupé , quelqu'un entra brus-
quement chez lui : « *ne me troublez point ,* lui cria-
t-il ; *je suis dans un moment heureux : je vais faire
pendre un Ministre fripon et chasser un Ministre im-
bécille.* Crébillon était modeste, vrai, sensible, d'un
abord facile, officieux, enchanté des succès des jeunes
auteurs et les échauffant de sa flamme. La candeur
et la facilité de ses mœurs allaient jusqu'à la bonhomie. *Il paraît féroce , sanguinaire et dénaturé*

dans ses pièces, dit Mme. de Barnevelde; *et dans la société civile, c'est l'homme du monde le plus doux, le plus humain et le plus aimable.* Après une représentation d'Atrée, on lui demandait pourquoi il avait adopté le genre terrible? *Je n'avais point à choisir*, répondit-il; *Corneille avait pris le ciel, Racine la terre, il ne me restait plus que l'enfer, et je m'y suis jeté à corps perdu.* Hardi dans ses peintures, mâle dans ses caractères et terrible dans ses plans, il marche avec gloire à la suite des Tragiques de l'ancienne Grèce. Sa tragédie d'Électre qu'il a composée à Dijon, est pleine de beautés d'un ordre supérieur; mais celle de Rhadamiste est une des plus belles pièces qui soient restées sur notre théâtre, quoique méprisée par Despréaux. Le style de Crébillon ressemble assez à sa manière, il est vigoureux et énergique, ce qui entraîne souvent des incorrections; mais quelques fautes de grammaire devaient-elles faire oublier au satirique les beautés mâles, les caractères soutenus et les vers de génie dont les ouvrages de Crébillon étincellent. Au reste les suffrages de toute la France et même des étrangers qui ont traduit *Rhadamiste et Zénobie*, ont vengé suffisamment notre illustre compatriote des dédains et des sarcasmes de Boileau. L'auteur de la Bibliothèque des Théâtres assure qu'en huit jours il se fit deux éditions de cette pièce. « Les représentations, ajoute-t-il, commencèrent long-temps avant le carnaval, franchirent avec vigueur le carême et se soutinrent encore après Pâques. »

Louis XV, bienfaiteur de Crébillon pendant sa vie et après sa mort, lui fit élever un tombeau. Ce monument a été exécuté en marbre par le savant Le-

7.

moine, dans l'église paroissiale Saint-Gervais, où le moderne Eschyle a été inhumé.

(24) LA MONNAIE (Bernard de), né à Dijon le 15 juin 1641, fit paraître dès son enfance de grandes dispositions pour les Belles-Lettres. On voulait l'engager à se consacrer au barreau ; mais son inclination l'entraînait vers la littérature légère et la poësie. Il se contenta de se faire recevoir Correcteur à la Chambre des Comptes de Dijon. L'exercice de cette charge ne l'empêcha point de se rendre très-habile dans les langues grecque, latine, italienne et espagnole, dans l'histoire et dans la littérature. Il remporta jusqu'à cinq fois le prix à l'Académie Française ; mais malgré les lauriers qu'il avait recueillis dans la Capitale, il ne put se décider à s'y fixer. « A Paris, disait-il, on ne verrait en moi que le bel esprit, profession à mon avis, aussi dangereuse que celle de danseur de corde. Je n'ai d'ailleurs aucune ambition même littéraire ; et quant à ma fortune, toute bornée qu'elle est, j'en suis content. Je n'ai jamais rien demandé au Roi, et je le prie seulement de ne me rien demander ». Son absence de Paris retarda son entrée à l'Académie Française qui ne se l'associa qu'en 1713, et il était bien juste qu'un athlète qui avait été couronné cinq fois fut assis avec ses juges. Il fut même dispensé des visites de réception, faveur que personne n'a partagée avec lui. Le fameux système de Law plongea La Monnaie dans la misère : le Duc de Villeroi sensible à son mérite et à son infortune, lui fit une pension de 600 liv., et lui défendit de passer à son hôtel pour le remercier. La Monnaie trouva son bienfaiteur chez la Comtesse de Caylus ; mais au pre-

mier mot de remerciement, le généreux Duc l'inter-
rompit et lui dit : *oubliez tout cela, M., c'est à moi
de me souvenir que je suis votre débiteur.*

La Monnaie joignait au talent de la poësie une vaste
littérature. Son érudition presque unique, embrassait
la parfaite connaissance des livres et des auteurs de
tous les pays, et la discussion pénible des anecdotes
littéraires dont aucune ne lui échappait. Les Biblio-
graphes le regardaient comme leur oracle, et c'est ainsi
qu'ils l'appelaient, malgré le silence que sa modestie
avait exigé d'eux. Les qualités de son cœur égalaient
celles de son esprit : son caractère était doux, poli et
officieux. Il aimait la joie et savait l'inspirer. Il a
donné des poësies latines parmi lesquelles on distingue
des contes très-agréables. « Une diction élégante, a dit
un homme de goût, un tour fin, naturel et plaisant,
de la vivacité dans le récit, voilà ce qui caractérise
ce conteur, comparable, on ose le dire, à tout ce
que nous avons de meilleur en ce genre. » Mais c'est
sur-tout dans ses Noëls Bourguignons que La Monnaie
s'est en quelque sorte surpassé lui-même. Ils sont vraiment un chef-d'œuvre d'esprit et de raison, et un modèle de naïveté. Tous ceux qui comprennent le langage franc et ingénu de nos bons ancêtres, trouvent
dans cet ouvrage un charme qu'ils ne rencontrent
nulle part, si ce n'est peut-être dans les Fables de
La Fontaine. Ces deux chef-d'œuvres semblent faits
pour être placés l'un auprès de l'autre. C'est la même
richesse de poësie, la même profondeur de pensées,
la même finesse, la même grâce, la même bonhomie;
ajoutons cependant que si quelque chose distingue les
Noëls des Fables, c'est cette abondance de sel Attique
dont La Monnaie s'est plu à assaisonner la plupart

de ses joyeux couplets. Les Noëls Bourguignons sont répandus chez nous et dans les départemens voisins avec une profusion qui en atteste le mérite. Presque tous ceux qui savent un peu chanter, en ont un exemplaire qui, placé sur la cheminée pendant la quinzaine de Noël, sert à égayer les longues soirées d'hiver, et devient comme le breviaire de la famille.

La Monnaie mourut à Paris, le 15 novembre 1727, à 88 ans.

(24) FÉVRET (Charles), né à Semur en 1584, fait pour remplir les places les plus éminentes, se borna à la profession d'Avocat, dans laquelle il excella. Il fut quarante ans l'arbitre général de la province et l'oracle de tous ceux qui avaient des affaires et des doutes.

Il déploya son éloquence devant Louis XIII, en demandant grâce pour la sédition du *Lenturelu*, qui avait éclaté à Dijon en 1631. Le Roi ne put retenir ses larmes ni refuser le pardon : il voulut même que l'orateur lui remît son discours qu'il fit imprimer à Lyon. Son *Traité de l'Abus*, entrepris à la prière du Louis II, prince de Condé, et souvent imprimé, portera le nom de ce célèbre jurisconsulte jusqu'à la postérité la plus reculée. Cet ouvrage est le fruit des plus longues recherches. Sa droiture était si renommée, que personne n'osait le solliciter pour une injustice. Il avait pris pour devise ces mots : *conscientiæ virtuti satìs amplum theatrum est*. Il fut inhumé dans l'église St.-Jean, à Dijon, l'an 1661.

Le Maire de cette ville a fait graver en lettres d'or, dans la grande salle de la Maison-Commune, cette inscription :

NOS PÈRES
MÉCONNURENT UN MOMENT LEUR DEVOIR
EN M. DC. XXXI. :
LE ROI LEUR PARDONNA,
CÉDANT AU PATRIOTISME ÉLOQUENT
DE CHARLES FEVRET.

(20) CHABOT (Comte de Charni, Philippe) Amiral de
France, Gouverneur de Bourgogne et de Normandie,
etc., fut pris à la bataille de Pavie avec le Roi François Ier. On l'envoya, en 1525, en Piémont, à la
tête d'une armée nombreuse. Les villes du Bugey,
de la Bresse, de la Savoie lui ouvrirent leurs portes.
Il aurait poussé plus loin ses conquêtes, s'il ne
leur eût mis lui-même des bornes. C'est sur-tout à
Dijon qu'il donna des preuves d'un véritable courage.

« Le massacre de la St.-Barthélemi, dit l'Abbé
Courtépée, exécuté à Paris et dans les autres villes,
où cent mille Français furent tous égorgés par la
main de leurs compatriotes, n'eut pas lieu à Dijon,
qui fut sauvé par l'humanité et l'éloquence de l'immortel Pierre Jeannin, alors Avocat et Conseil de la
ville. Il engagea le Comte de Charni (Chabot), Commandant, à suspendre des ordres si sanglans dont
le Roi ne tarderait pas à se repentir. C'est ainsi que
la prudence d'un homme juste garantit la province
d'un massacre, la honte d'une nation douce et bien-
faisante qui voudrait pouvoir l'effacer de ses annales.
Une telle action eût mérité d'être gravée sur le bronze
pour passer à la postérité. Henri III qui vint à Dijon,
le 3 juin 1575, loua et approuva la conduite du Comte
de Charni. » Courtépée ajoute qu'en 1736 il contri-

bua beaucoup à sauver cette ville qu'étaient venus assiéger six mille Reîtres appelés au secours du Prince de Condé , en 1576.

Quelques juges trop sévères ont prétendu que Chabot avait plus de fierté dans les manières que de générosité dans le cœur. Cette allégation ne me semble point justifiée , et sa déférence aux avis de Jeannin, dans un moment aussi difficile que l'était celui du massacre d'une moitié de la France par l'autre , doit suffire , je pense, pour ne laisser aucun doute sur la générosité de son ame : un homme sans énergie et sans caractère , aurait-il ainsi sacrifié sa place à son devoir, et se serait-il exposé par une courageuse désobéissance , à encourir la vengeance de la Cour? Est-ce parce qu'il a été opprimé par le Chancelier Poyet, qu'il doit paraître moins recommandable aux yeux de la postérité !

Ce juge inique lui trouva vingt-cinq crimes capitaux, et poussa l'animosité jusqu'à insérer dans la sentence rendue contre lui , des griefs qui n'étaient point compris dans l'accusation. Cependant l'Amiral obtint la permission de mettre sous les yeux de ses juges de nouvelles pièces justificatives. Les Commissaires , sans porter atteinte au premier jugement, lui accordèrent un commencement de justice, et le déclarèrent exempt du crime de lèze-Majesté et d'infidélité au premier Chef. Il avait été condamné à une amende de 70,000 écus, à la privation de tous ses emplois et au bannissement, *sans pouvoir jamais être rappelé* , dernière clause intercalée par le Chancelier Poyet; mais les larmes de la Duchesse d'*Etampes* lui obtinrent la faveur de se présenter à la Cour : *Eh bien ! homme irréprochable* , lui dit le Roi, *vanterez-vous toujours votre*

innocence ? Ma prison, répondit Chabot, *m'a trop ap-*
pris que nul ne se pouvait dire innocent devant son
Dieu et devant son Roi ; mais j'ai du moins cette conso-
lation que toute la malice de mes ennemis n'a pu
me trouver coupable d'aucune félonie envers Votre
Majesté. Le Prince alors n'écouta plus que son cœur,
et Chabot fut pleinement justifié par arrêt du Parlement en 1542. Mais le coup était porté : Chabot
trop sensible, avait succombé sous le poids de l'hu-
miliation ; il ne fit plus que languir jusqu'au 1er.
juin 1543, qu'il mourut, laissant au Roi le regret
de sa perte, et le remords de l'avoir causée. On lui
avait érigé un superbe mausolée aux Célestins, dans
la chapelle d'Orléans.

(27) DAUBENTON (Jean-Louis-Marie) né à Montbard en 1716. Il étudiait en médecine, lorsque Buffon
son compatriote le prit en 1735 pour son collabora-
teur. Il se chargea de la partie anatomique de son
Histoire naturelle, et mit dans ce travail autant d'exactitude que de clarté et de sagacité. Le cabinet d'Histoire Naturelle de Paris qu'il dirigea ensuite, n'avait
été jusqu'en 1750 que le simple droguier de *Geoffroi :*
il devint, par l'augmentation et par l'arrangement méthodique de toutes les productions de la nature,
l'une des plus précieuses curiosités de la Capitale,
et ce fut à Daubenton autant qu'à Buffon qu'on en
eut l'obligation. Reçu à l'Académie des Sciences en
1744, il enrichit considérablement le recueil des mémoires de cette Compagnie, par une foule de découvertes anatomiques, d'expériences sur la naturalisation
des espèces, l'amélioration des laines et le traitement
des maladies des animaux. La minéralogie, la physique végétale lui durent aussi de nouvelles lumières.
Le premier il composa une *méthode* pour la classifi-
cation des minéraux. Après dix ans de secousses ré-
volutionnaires qui n'interrompirent pas ses études,
Daubenton fut nommé membre du Sénat-Conserva-
teur. Une apoplexie l'emporta bientôt après, le 31 dé-
cembre 1799, à l'âge de 80 ans. Cet interprète de
la nature mourut orné du laurier littéraire et de la
palme civique. Sa douceur, sa bonté, son amour
éclairé de la patrie, son attachement à tous ses de-

voirs et ses succès dans les matières qu'il a traitées ;
lui méritaient cette double couronne. Daubenton aimait à lire de temps en temps quelques romans ; il
appelait cela : *mettre son esprit à la diète*.

(28) La prédiction du Génie de la Côte-d'Or ne
restera pas sans accomplissement. Ce département
compte déjà un assez grand nombre d'individus qui,
quelque jour, augmenteront la liste de nos personnages
illustres. Les uns ont obtenu les plus brillans succès
dans la carrière de la littérature ; les autres se sont
montrés avec le plus grand honneur dans celle des
sciences exactes ; d'autres se sont distingués dans
celle des arts libéraux ; d'autres enfin brillent dans
celle de la diplomatie et de la législation. Il me serait
facile de citer ici de grands noms à l'appui de ce que
j'avance ; mais les personnes qui les portent n'appar-
tiennent point encore à l'histoire , et je me suis im-
posé l'obligation de ne point louer ceux qui n'ont
pas encore rempli toute leur tâche. La mort mettra
le dernier sceau à leur réputation , et c'est à nos
neveux à leur décerner les honneurs de l'apothéose ; la
postérité aura à faire encore, si j'ose parler ainsi, une
récolte de *Grands-Hommes* aussi abondante peut-
être que celle d'aujourd'hui. Nos établissemens publics
actuels et ceux qui nous sont promis , vont devenir
une pépinière d'hommes distingués dans tous les genres ;
notre Bibliothèque , notre Lycée , notre Barreau , notre
Jardin des Plantes , notre Musée , notre École de
dessin , Peinture et Sculpture qui a produit déjà des
élèves *immortels* , voilà des sources intarrissables d'é-
tudes , d'érudition , de talens et de succès. Toutes les
autres villes de la Côte-d'Or , loin de renoncer à la
gloire de fournir leur ample et honorable contingent à
la liste future de nos hommes célèbres , continueront
encore à bien mériter des Lettres , des Sciences et
des Arts ; Semur , sur-tout , qui dans ce moment
possède dans son sein des hommes du premier mérite ,
justifiera de plus en plus sa réputation et ne déméritera
pas du surnom flatteur de *Petite Athènes* que nous
nous plaisons quelquefois à lui donner. Sous le rapport
de la véritable illustration , cette ville est , après
Dijon , la première ville de notre département.

F I N.

www.ingramcontent.com/pod-product-compliance
Lightning Source LLC
Chambersburg PA
CBHW060827250626
47162CB00005B/1977